智慧公主马小岚纯美爱藏本1

寻找他乡的公主

马翠萝 著

化学工业出版社
·北京·

图书在版编目(CIP)数据

寻找他乡的公主/马翠萝著. —北京：化学工业出版社，2015.5（2024.1重印）
（智慧公主马小岚纯美爱藏本）
ISBN 978-7-122-23534-3

Ⅰ.①寻… Ⅱ.①马… Ⅲ.①儿童文学-中篇小说-中国-当代 Ⅳ.①I287.45

中国版本图书馆CIP数据核字(2015)第066608号

公主传奇　寻找他乡的公主　马翠萝著
ISBN 978-962-08-4632-8

北京市版权局著作权合同登记号：01-2012-2897

责任编辑：张素芳　　　　责任校对：程晓彤

出版发行：化学工业出版社（北京市东城区青年湖南街13号　邮政编码100011）
印　　装：大厂聚鑫印刷有限责任公司
880mm×1230mm 1/32　印张 5¼　　2024年1月北京第1版第14次印刷

购书咨询：010-64518888　　　　售后服务：010-64518899
网　　址：http://www.cip.com.cn
凡购买本书，如有缺损质量问题，本社销售中心负责调换。

定　　价：16.80元

作家与小书迷的对话（代序）

马翠萝：噢，你们问我接下来准备写什么书？我还没想呢！哎，干脆你们给我出个主意好了！

咏宜：唔……写一个有关公主的故事！

珺宜：好啊，我们女孩子最喜欢看公主的故事了！

婉雯：公主的故事？Good！我赞成！！

阿诺：噢噢，这主意也不错啊！公主的故事并不是女孩的专利，只要故事精彩，我们男孩子一样会喜欢！

马翠萝：可是，现在已经有很多写公主的书了，白雪公主，人鱼公主，昭君公主，文成公主……

阿舜：这些故事年代太久远了，我们希望看一个现代的、发生在我们身边的公主故事！

咏宜：我希望这个公主是很有智慧的，很有幽默感的，很顽皮的，很……很……嘿，我想到了再告诉您。

婉雯：我希望……我希望这个公主是中国人，是我们中国的公主！

珺宜：还有，我希望……

马翠萝：噢，慢慢来，慢慢来。我先归纳一下——现代的、发生在我们身边的公主故事；这个公主必须是有智慧的、很幽默的、特顽皮的；这个公主是中国人……哈，有趣，有趣！好吧，那我就给你们写一个现代公主传奇好了！

阿诺：您答应了就不许反悔，我们来拉钩吧！

马翠萝、众书迷：拉钩，上吊，一百年，不许变！

目录

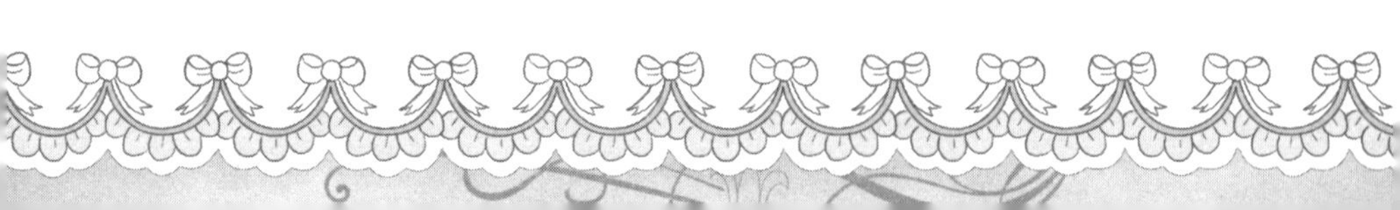

第1章 马路上的绑架事件

故事发生在一个普通的香港早晨，一条普通的香港街道。

街道上走着二女一男三个孩子。长发女孩十五六岁模样，瓜子脸，大眼睛，眉宇间透出一股倔强，此刻她正吃力地拖着一大堆行李，一边拉一边嘟嘟囔囔地发着小脾气；另一个女孩年纪跟长发女孩差不多，样貌娇俏，臂弯里挎着一个小行李袋，轻轻松松地走着，一边走，还一边拿着小镜子东照照西照照；那年纪比她们略小的男孩呢，他什么行李也没拿，只是用手小心翼翼地捧着一个玻璃缸，里面可以清楚地看见一条鱼在游来游去。

他们正是刚从国外旅行回来的马小岚和她的两个好朋友——周晓晴、周晓星姐弟。

“喂，你们两姐弟好过分！”小岚终于忍不住了，她把行李车一放，然后一屁股坐了上去，“一个只管扮靓，一个只顾条怪鱼，也不管人家累得半死！”晓星马上抗议说：“这不是怪鱼，我敢保证，这可是一条最最珍贵的世界上绝无仅有的史前鱼呢！”

晓晴却漫不经心地说：“谁叫你连请我们坐计程车的钱

也没有……”

不提钱还好，一提小岚就怒气冲天：“亏你还好意思提个钱字！要不是你们一定要什么‘周游列国’，去完一个国家又一个国家，姐姐就疯子似的花钱买漂亮衣服，弟弟就愚蠢到花天价去买一条不值钱的怪鱼，我会这么惨？把刚到手的一万英镑奖金全部花光光，差点连回来的旅费都没有了！”

别看马小岚年纪小，她已经是一位极受欢迎的侦探小说作家了。前不久，她的一部小说《寻人启事》，在英国每年一度的“福尔摩斯”文学奖中得了银奖，这次她就是在晓晴、晓星的“陪同”下，到英国领奖的。

晓晴知道理亏，继续扮靓装作没听见，晓星就马上讨好地说：“小岚姐姐，你别生气，等我找个专家来鉴定一下，证实我从伊拉克带回来的这条是史前鱼类，那我们马上就发达了。到时我回请你去环游世界，我不请晓晴姐姐，只请你。”小岚杏眼圆睁，气呼呼地喊道：“发你个大头梦！你最好二十四小时看好那条怪鱼，要不，我准去把锅烧热了，加点酱油，来个红烧大怪鱼。”

“啊，不要！”晓星惨叫一声，赶紧用右手手掌捂住鱼缸口。

三人正在吵吵闹闹，没提防一辆黑色轿车“嘎”一声在

他们身边停下，车上下来两个又高又壮的穿西装的男人，他们二话不说，拉着小岚的手就往车上拖。

“喂喂，你俩想干什么？”小岚挣扎着。

“绑架！”晓星脑海里马上闪出这个词，他把鱼缸往晓晴手上一放，腾出手拼命扯住小岚。而晓晴早吓坏了，大张着嘴巴，泥塑木雕一般愣在那里。

那两个男人见晓星死扯住小岚不放，干脆把他也拉上车去了，车门一关，轿车马上“呼”地开走了。

晓星继续反抗，但怎敌得过那两个又高又壮的男人，只好乖乖就范。

倒是观察力极强的小岚很快就看出端倪。第一，这两个男人不像坏人，因为他们一直笑嘻嘻的，很友善的样子；第二，他们开的是名贵的奔驰轿车，相信没有一个绑匪会驾着这样引人注目的名车来作案。小岚想到这里，干脆自己坐好，还系好安全带，然后说：“快说，你们想干什么？！”

两个男人看上去大约三十岁不到的样子，高矮差不多，连装束都一样，只是一个系着条蓝色领带，另一个系着条紫色领带。他们互相望了望，蓝领带说：“对不起！”

紫领带说：“不好意思！”

蓝领带说：“我们奉了上级命令来接小岚小姐。”

紫领带接着说："协助执行一件紧急公务。"

晓星习惯用眼睛盯着说话的人，由于那两人说的句子太短了，接得又快，弄得他脑袋像拨浪鼓一样转着。

小岚说："你们的上级是谁？我只是一个学生，干吗要替你们执行公务！"

蓝领带说："我们的上级是谁，你等会儿就知道。"

紫领带说："每一个香港市民，都有责任协助特区政府办事。"

小岚耐着性子问："两位尊敬的先生，你们可不可以把句子说得稍微长一点，说清楚究竟要我们干些什么？"

蓝领带说："我们不知道。"

紫领带说："你的知情权比我们大。"

"我的知情权比他们还大？哈，有趣！"小岚见反正也问不出什么来，于是挪了挪身体，让自己坐得再舒服一点，然后眯着眼睛打起瞌睡来。坐了几十个小时的飞机，下机后又挤巴士，那么一大堆行李搬上搬下的，她也实在累了。"小岚姐姐，下车了！"晓星在摇她的胳膊。

小岚警醒过来，原来车子已经停了。她伸了个懒腰，这时蓝领带已拉开车门，用了一个很有绅士风度的优雅姿势，

请她下车。

小岚嘟囔着：“哼，刚才拉我上车时就那么野蛮，真是……”她觉得后面那个字不雅，所以没说出来。

这时听得晓星“咦”了一声，小岚还没来得及问他“咦”什么，自己竟也情不自禁地跟着“咦”了起来。

车子竟停在礼宾府门口！

这可是香港特区行政长官办公的地方啊！那么，蓝领带和紫领带的上级岂不是特首？！自己岂不是要替特区政府执行公务？！

事情越来越有趣了！小岚不由得兴奋起来。

晓星则像“乡下人入城”一样，东张西望，兴许他从未踏足过礼宾府。

小岚读小学时倒是来过一次，那是每年一次的开放日，爸爸妈妈带她来看杜鹃花。不过那一次的印象不那么好，因为前来参观的市民实在太多了，她跟在人群后面轮候了一个多小时，站到小脚板也酸了，才得以进入，然后跟着闹哄哄的市民队伍走马观花，在花园里转悠了一趟。到了第二年，爸爸妈妈又想重游礼宾府时，小岚却是死活也不肯去了。

这次感觉和那次很不同。周围静悄悄的，没有熙熙攘攘推着走的人流，她可以抬头静静欣赏一下那外形典雅，既富新古典建筑风格的华丽气派，又略带热带格调的著名建筑。而且心境

也很不同，要知道，现在她可是由特首请来的客人呢！

可惜不容她再细看，蓝领带和紫领带就催他俩进去了。

蓝领带向门卫出示了证件，门卫朝他们敬了个礼，让他们进去。一路经过许多堂皇的大厅和房间，那设计的雅致美丽，令小岚和晓星都看呆了。

走着走着，晓星突然不见了，弄得蓝领带和紫领带好一阵紧张。找了一会儿，终于在一间约有三百平方米的大厅门口发现了他，他正趴在门口架着的图框上，瞪大眼睛好奇地张望呢！见小岚他们寻来，就大呼小叫地说："小岚姐姐，快来看，这地方我在电视上看过！这是宴会厅呢！是特区政府设宴款待重要来宾的地方。"

蓝领带赶紧拖住晓星的手，把他拉走了，一边走一边说："小朋友，你别乱走，小心警察叔叔把你当坏人……"

晓星不情愿地走着，说："哼，你别想吓唬我，我晓星长得正气凛然英俊潇洒玉树临风，一看就知道是好人啦！"

两位"领带"听了，不由得哈哈大笑起来。

小岚问蓝领带："这里有镜子吗？"

蓝领带很奇怪："要镜子干什么？"

小岚指指晓星："给他照照呀！"

两位"领带"又笑了起来。

这时候，迎面来了一位也是穿西装的人，他显然是两位

“领带”的上司，只见蓝领带马上报告说：“处长，小岚小姐来了。”

“噢，小岚小姐，你好你好！我叫蔡雄平。”那人马上热情地向小岚伸出手，“恭喜你获奖呢！我看过你写的《寻人启事》，精彩极了！”

“蔡先生你好！”小岚笑着向蔡雄平伸出手，心里美滋滋的，嘴里却谦虚着，“多多指教！”

“叔叔，您记得我吗？”晓星马上凑了过来，站在两人中间，着急地说：“我叫周晓星！就是小岚姐姐常常在书的序中提到的，那个给了她很多灵感的好朋友周晓星！”

“噢，马小岚的好朋友，周晓晴、周晓星姐弟嘛，我记得我记得！”蔡雄平笑着点头。

晓星笑得眼睛眯成了一条线：“我就知道您会记得！嘻嘻，小岚姐姐好多故事都是我给她的灵感呢！”

小岚撇撇嘴：“不害臊!”

蔡雄平吩咐蓝领带和紫领带：“我带两位客人进去，你俩先去休息一下。”

蓝领带说：“是！”

紫领带说：“知道！”

两人临离开时，还不忘笑嘻嘻地朝小岚和晓星挥手说再见。

第2章
王室惨案

蔡雄平把小岚和晓星领进了会客室。

小岚马上瞥见了一个熟悉的身影。那是在各种传播媒介里见过无数次的、香港特区行政长官。

特首一见到他们进来，马上站起来，微笑着伸出手。

晓星急忙跑过去，握住特首的手，说："叔叔，您好！我是晓星。"

特首笑眯眯地说："你好啊，晓星!"

他又望向小岚："这位漂亮的女孩子，一定就是小岚了！"

小岚虽然天不怕地不怕，但在这位日理万机的领导人面前，竟也有点拘谨起来，她有点忸怩地点点头："叔叔您好！"

"你好小岚！"特首笑着跟小岚握手，又说，"不好意思，我那两位工作人员没把你吓着吧？因为事情紧急，我们可是使用了卫星追踪仪器，把全世界找了个遍，最后才从那架即将降落的客机上找到了你们呢！"

"哦！"小岚讶异地问，"请问叔叔，您这么急找我，

究竟有什么事呀？”

特首没有直接回答，只是说：“来，小岚，先给你介绍两位客人。”这时候，屋里的另外两位客人站了起来。小岚马上惊讶地瞪大了眼睛——他们并不是中国人。她以特有的敏锐眼光，把两人打量了一番。

前面一位年约六十上下，个子很高，肤色黄中微带褐色，脸相威严，一看就知道他有着一定的身份地位；另一位很年轻，看样子二十不到，脸部轮廓十分生动，有点像米开朗基罗塑造的那些雕像。小岚还留意到，这两人都有一个共同的特点，就是身上穿的，脚下踏的，全都是当今世上最昂贵的名牌产品。

特首先将小岚介绍给两位客人：“这位就是中国香港鼎鼎大名的侦探小说作家马小岚小姐！”

他接着又对小岚说：“这位是乌莎努尔公国的外交大臣宾罗先生。”

外交大臣！果然不出小岚所料，那两人不是普通人！乌莎努尔公国是一个著名的石油输出国，国家面积不大，却因石油存量丰富而富甲天下。怪不得两人都一身名牌。

宾罗先生热情地向小岚伸出手：“噢，真是一位美貌与智慧并重的小姐！”

“谢谢宾罗先生的夸奖。”小岚红了脸，心里甜滋

滋的。

特首又指着那年轻人说：“他是乌莎努尔公国的宫廷侍卫长万卡。”

万卡向小岚伸出手，小岚感觉到，那手是冷冰冰的，再看看他的脸孔，毫无表情。这令小岚心里有点儿恼火。也难怪，小岚这么一个聪明可爱的女孩子，有谁见了她不哄着捧着，赞美话儿一大堆，她哪见过这样冷漠的脸孔。

但小岚毕竟是一位有教养的女孩子，她很快便回复礼貌笑容。特首又笑着给宾罗先生介绍：“还有这位晓星小朋友，他是小岚小姐的好朋友。”

宾罗先生弯下腰，拉住晓星的手，笑呵呵地说：“你好啊，小家伙！”

“你好，大臣伯伯!”晓星很有礼貌地回应着，他又问，“伯伯，你们国家在哪里啊？那里有史前鱼吗？”

宾罗先生露出奇怪的神情：“什么史前鱼？”

小岚使劲地扯了一下晓星的衣角，又对宾罗先生说：“伯伯，您别理他！”

特首招呼众人坐下。一名礼数周到的女工作人员过来奉上香茶。

特首问：“你们有从新闻报道中听过乌莎努尔公国的新闻吗？”

“对不起！这个月我俩在国外旅行，没留意别处的新闻报道。”小岚摇摇头，“这新闻跟您要交给我的任务有关吗？”

特首说：“对！你先看看这张报纸，了解在过去半个月，乌莎努尔公国发生的不幸事件。”

小岚展开报纸，和晓星一同读着。

本报讯：七月二十三日晚上，有“国中富豪”之称的岛国乌莎努尔传出了一条骇人听闻的消息——王子普尔干竟然亲手开枪打死打伤了国王、王后及其他五名弟弟妹妹，然后开枪自杀，令举国震惊。

据悉，当时国王一家正在商量王子的婚事，过程中不知何故爆发激烈争吵。王子拂袖离开，约十分钟后，他怒气冲冲地手持一把手枪折返，随后，刺耳的枪声打破了王宫的宁静，国王、王后、十六岁的二王子及四位小公主倒在血泊中。王子随后吞枪自尽。

当侍卫们听闻枪声冲进内宫，发现王后、二王子和四位小公主已死亡，而凶案元凶大王子则重伤，送院途中也告不治。

国王重伤送院，正由全国最好的医生进行救治。

这宗世所罕见的王室血案令乌莎努尔内阁官员乱作一团，“国不可一日无君”，国务会经过紧急磋商，决定由莱尔首

相、宾罗外交大臣、贾阿米财政大臣三名重臣成立一个三人小组，处理紧急国务。等国王伤愈后，再重新执政。

伍拉特·霍雷尔国王为该国第十九代君王，在乌莎努尔人民和党派中享有崇高的威望，而王后也因一向贤良淑德得到人民爱戴。枪击惨案的消息传开后，全国上下沉浸在极度的悲痛中，人民自发停止一切娱乐活动，以表示对王室亡魂的哀悼。他们日夜祈求上苍，希望国王早日康复，重新掌管国家。

那篇报道令小岚和晓星目瞪口呆。

小岚对宾罗先生说："我对贵国发生的惨剧深表遗憾。"

宾罗先生眼中露出悲伤的神情："谢谢小姐的关心。"

晓星说："伯伯，我也跟小岚姐姐一样很遗憾。你们那位王子也太不乖了，怎么可以连父母都杀!"

宾罗先生摇摇头，说："此事可能另有隐情，王子一向宅心仁厚，我绝对不相信他会杀人，更不会杀害自己的父母及弟妹。"

晓星一听便说："那我知道啦，你们一定是想让小岚姐姐去乌莎努尔协助查案，找出这宗凶杀案的真正凶手！"

宾罗先生叹了口气，说："这宗案件是否另有凶手，我们已无暇顾及，因为，目前要处理的是，拥立新的国王。"

小岚说：“你们不是已经成立了三人临时内阁小组，处理政事了吗？如果国王能痊愈出院，就可以重新执政了啊！”

宾罗先生突然老泪纵横：“国王……国王他、他已经在几天前去世了！”

“啊！”小岚心里极为难过。

晓星走到宾罗先生身边，把一张纸巾递到他手里，又像哄小孩似的说：“伯伯不哭，不哭!”

宾罗先生用纸巾擦着眼泪：“好孩子，你真善良，真善良！”

宾罗先生一手搂着晓星，又说：“国王去世一事，我们至今未公布，知道的只有三人小组成员及几名信得过的医护人员，因为这事一旦传出去，整个国家一定会陷入一片混乱。各派势力为了自己的利益，一定会想方设法推举自己拥戴的人为国王，如果那样后果就不堪设想。”

小岚点头说：“我明白，这种类似事件在中国历史上也屡见不鲜呢！”

宾罗先生突然起立，向小岚深深鞠了个躬，说：“小岚小姐，帮帮忙，帮乌莎努尔度过这场危难！”

小岚慌忙站起来，说：“伯伯，您别这样，我可受不起！您希望我怎样帮忙，我一定全力以赴！”

“伯伯，您坐着说。”晓星拉宾罗先生坐下，又说，“伯伯，您一定是想让小岚姐姐去当乌莎努尔的国王吧？那您就放心好啦，小岚姐姐很能干的，她一定可以把国家治理得兴旺发达、繁荣富强、人强马壮、地大物博……”

小岚知道晓星的毛病又犯了，忙打了他一下：“住嘴！”

宾罗先生说：“我希望你能帮我找一个人。”

小岚狐疑地问：“找人？找什么人？”

宾罗先生说：“寻找乌莎努尔公国的第十九代国王。”

“啊！乌莎努尔公国第十九代国王？他不就是刚刚在灭门惨案中重伤不治的国王吗？”小岚惊讶地看着宾罗先生，心想这老伯伯莫非伤心过度，糊涂了不成？

“不！”宾罗先生摇摇头，“那位国王是假的。”

“啊！！”这回是晓星大叫起来，“国王也有假的？”

“伯伯，究竟是怎么一回事？”小岚坐直了身子，眼睛忽闪忽闪地看着宾罗先生。

“我……”宾罗先生刚想说什么，他突然整个人僵住了，身子一歪，竟倒了下去。幸亏靠他身边的晓星手疾眼快将他扶住。

“伯伯，伯伯！”

“宾罗先生！”

在场的人都一迭声叫了起来。

特首迅速把礼宾府的医生叫来了。

那位戴眼镜的老医生替宾罗先生作了详细检查。

老医生一放下听诊器，特首就迫不及待地问：“他情况怎么样？”

老医生说：“您请放心好了，他没什么大问题，只是过度劳累，又吃不好睡不好，身体虚弱所致。打一两天点滴，休息好点就会好的了。”

晓星趴在床边，看着宾罗先生紧闭着的眼睛，说：“伯伯好可怜啊！”

特首看了看手表，对小岚和晓星说：“时间不早了，你俩先回家吧，等宾罗先生身体好些，我再派人去接你俩。”他又对蔡雄平说：“用我的车子把他俩送回家。”

第3章
天下事难不倒马小岚

小岚一晚上都睡不好，老是做噩梦。一会儿梦见自己是涉嫌行凶的大王子，一会儿又成了王室血案中的一个公主，被大王子追杀，无路可逃，正在危急之际，救援队伍来到，响起一阵炮声……

小岚惊醒过来，猛地坐了起来，发现自己在家中床上，这才松了一口气。摸摸身上，原来已惊出一身冷汗。

“砰砰砰！”咦，梦中的炮声还在继续？

原来是有人在大力拍门。

“谁呀？来了！”小岚趿着拖鞋，睡眼惺忪地走去开门。

一开门，晓星两姐弟就冲了进来。他俩不但跟小岚在同一所学校读书，还住同一幢大厦，所以来往十分方便。

晓星大声埋怨说：“小岚姐姐，你睡得好死啊！我按铃按得手都酸了，你都听不见！要不是我使劲拍门，你还不会醒呢！”

小岚刚要还击，但想想也幸亏晓星的“炮声”使自己从噩梦中惊醒过来，要不还得继续被人追杀。于是，她只是撇

了撇嘴，没吭声。

可是她马上发现了晓星手里捧着的东西，不禁尖叫起来：“喂喂喂，怎么把这怪鱼拿来了！”

晓星忙用手捂着鱼缸，解释说：“我等一下要拿给外交大臣伯伯看的。”

小岚皱起眉头说道：“胡闹！人家伯伯忙得要死，哪有时间跟你玩！”

“小岚姐姐，不是玩呢！我想，伯伯可以帮我鉴别这是否是史前鱼呢！”晓星小心翼翼地把鱼缸放在桌子上，又兴奋地说，“我昨晚上网查过，原来伯伯很厉害，他不光是一位外交大臣，还是一位生物学博士！他最了不起的是，年轻时还研究过恐龙呢！啧啧，研究恐龙，不是普通人可以做的呀！”

“你这小子，竟然摸人家伯伯的底！”小岚眯着眼睛瞧着晓星。

“哼哼！”晓星得意地摇晃着身子，又故作神秘地说，“我还查了万卡的底细呢！他也好厉害，十二岁就考入剑桥大学，四年时间拿了两个文凭，是双学位学士呢！”

小岚撇撇嘴：“有什么了不起，我可是世界知名的侦探小说作家呢！”

晓星赶紧说：“那当然啦！他肯定比不上小岚姐姐。起码你比他年纪小，更有前途，就像我比你小，将来也……”

小岚打断他的话，似笑非笑地问：“也什么？”

晓星说：“也……也……也大概……或者……也许……可能……说不定……”

“少来这也许可能大概了！”晓晴把手里提着的一个保温饭壶往桌上一放，说，“我说你俩可真不够义气，昨天有机会去逛礼宾府，见特首，见重要来宾，也不赶快打电话叫我去！”

晓星说：“姐姐，你话不能这么说，特首叔叔请我和小岚姐姐去，是因为有工作要交给我们做，那里普通人是不可以随便进去的呀！”

小岚没理会那两姐弟说什么，她的注意力被保温壶吸引去了，她走过去，说：“算你俩有良心，还记得给我带早餐来。”

晓星一听，马上跑过去，把保温壶抢到手：“不许动！这粥是我叫妈妈做给伯伯吃的！”

小岚不高兴地说：“哼，有人有了伯伯就忘了姐姐了！”

正说着，门铃响了。是谁这么早来串门？

晓星赶紧跑去开门。门外站着宾罗先生和侍卫长万卡。

“啊，是伯伯！”晓星十分惊喜。

小岚迎上去，惊讶地说："伯伯，您怎么出来了？"

"我没事了，睡了一个好觉，现在精神很好呢！"宾罗先生笑着说，"惦记着要跟你说的事，所以等不及特首先生派人来接你，我就自己来了。"

"嘿，小岚，晓星，你们好啊！"这时候，蔡雄平拿着车钥匙，咣当咣当地走了进来，"宾罗先生坚持要来找你俩，特首就叫我送他俩来了。"

小岚忙说："各位快请坐！"

晓晴走了过来，嘴巴甜甜地自我介绍说："各位哥哥叔叔伯伯好！我叫晓晴，是小岚的好朋友，晓星的姐姐。请多多指教！"

宾罗先生点点头，笑着说："呵呵呵！又是一个漂亮女孩。你们香港的女孩，都这么美吗？"

"谢谢夸奖！"晓晴向着宾罗先生讲话，眼睛却瞧着万卡。

这时候，晓星拿着保温壶走到宾罗先生身边："伯伯，这是我叫妈妈给您做的粥，很好吃呢！每次我生病，妈妈都做给我吃。"

宾罗先生开心得眼睛都湿润了："晓星真会关心人，谢谢！"

晓晴说："伯伯，我也有份叫妈妈做的！"

NiNi

宾罗先生一手拉着晓星，一手拉着晓晴，笑得合不拢嘴。

小岚不屑学晓晴和晓星卖乖，到厨房拿来了一只碗。

宾罗先生笑眯眯地吃着粥，不住地说：“好吃，好吃，非常好吃！”

宾罗先生吃了满满一碗粥，笑嘻嘻地拍拍肚子说：“噢，从来没试过这种舒服的感觉！香港的妈妈，厨艺了不起！替我谢谢你们妈妈。”

收拾好东西，大家一起围坐在小岚的小客厅里。宾罗先生一手搂着晓星的臂膀，开始说话了：

“小岚对不起，昨天跟你讲有关寻找国王的事，因为我身体不适而中断了。你一定很奇怪，伍拉特国王已经统治国家几十年，一直为国民所爱戴，为什么说他是假的呢？这件事要不是国王自己亲自告诉我，我还真不会相信呢！”

随着宾罗先生低沉的声音，在座的人听到了霍雷尔家族一个惊天大秘密……

国王伍拉特重伤住院，被送往皇家医院医治，为安全起见，他被严密保护起来，只有几位医护人员和临时内阁小组成员可以接近他。

这天，宾罗先生一个人去医院探望国王，刚走出电梯，就听见走廊一阵纷乱的脚步声，几个医生匆匆跑进国王的病房。

宾罗先生心里怦怦乱跳，不知道国王有什么不测，忙拉住一位护士问道："国王怎么了？"

护士说："国王情况不妙……"一边说一边急急走进了国王病房。

宾罗先生大惊，他像热锅上的蚂蚁一样，在走廊上走来走去。

过了一会儿，一位护士走出来，对他说："宾罗先生，国王醒过来了，他请您进去。"

宾罗先生赶紧推开病房门，走了进去。国王躺在病榻上，脸色白得像一张纸。

他困难地抬起手，朝那些医护人员挥了挥手，几位医生护士朝他鞠了个躬，退出去了。

"国王陛下！"宾罗先生马上扑通一声跪在国王病床前，老泪纵横。

"别……哭……"国王艰难地嚅动嘴巴，说，"有一件事……藏在我心中十几年了，我想现在告诉你，要不，再也没机会了。"

"陛下，老臣洗耳恭听。"宾罗哽咽着说。

"十三年前，父王和母后相继去世，父王年头去世，母后岁末去世。母后去世后的一天，我替她整理遗物，发现了一封她写给父王的信，也许她来不及交给父王，因为父王

是脑出血突然去世的。我打开信看了一遍之后，不禁浑身发抖。信上详细说了一件发生在多年前的事，原来，我并不是霍雷尔家族的子孙，我只是真正的伍拉特在婴儿时被掉包的另一个人……”

“啊！”宾罗先生跌坐地上，他惶恐地喊道，“陛下！陛下！您别吓唬老臣啊！”

国王眼角流下一串泪水：“我当时简直有如五雷轰顶，呆在那里。当时，我也很想把母后的信交出来，很想马上去寻回那位真正的国王，但是，一点私心，令我没有这样做。我舍不得拥有的权力和荣华富贵。所以，我隐瞒了这件事。”

“怎么会？怎么会？！”宾罗先生只是坐在地上一味发抖，他受不了这个消息的冲击。

“自作孽，不可活，今天这个结果，是老天爷在惩罚我！”国王流着泪仰天长叹着。

“不是、不是的，陛下，您别这样说！”宾罗先生哀叫道。

国王突然喘气喘得厉害，好一会儿才说：“我请求你，在我死了之后，帮我寻找那位真正的国王，把王位还给他。”

宾罗先生流着泪说：“陛下，您放心好了，我一定不负您所托！”

“我去世的事，先不可外传，直到找到真正的国王。否则，国家一定会大乱，大乱，懂吗？”国王喘了一会儿，用尽最后的力气说，“宾罗，一切靠你了，寻找国王，辅助国王，我感谢你，感谢你！”

“陛下，您放心，老臣万死不辞!”

“母后那封信，在王宫里……”国王用最后的力气讲出信的收藏地点，然后头一歪，没了声息。

“陛下！您醒醒！醒醒！”宾罗先生大声喊叫，惊动了门外的医生，他们冲了进来。

一位医生替国王检查了一下脉搏，悲痛地说：“国王去世了!”

宾罗先生万分悲痛，他尽量让自己保持清醒的头脑，吩咐几位医护人员，不得泄露国王去世的消息。

接着，他又按国王所说，找到了王后的那封亲笔信。他拿着信，和三人小组召开紧急会议，在研究了当年王子被掉包的经过后，做出来中国香港的决定。

宾罗先生说完这个故事之后，不好意思地擦了擦脸上的泪水，对小岚说：“伍拉特国王虽然多年来隐瞒真相，但他的确是一位好国王。他在位二十多年，把国家治理得繁荣富强，让人民衣食无忧，深得国民爱戴，我们一点都

没有怪他。”

小岚点头说：“他冒名做了这么多年国王，你俩都不怨他，可想而知，这个假国王是个好人。”

晓星说：“我明白了，你们来找小岚姐姐，就是想请她帮忙找回那位被掉包的王子。”

“对！”宾罗先生点点头，“因为老国王只有一位儿子，所以被掉包的王子是世界上唯一一位有着霍雷尔家族血统的人。如果找到他，一切就可以返回正轨，乌莎努尔公国才可以回归安定。”

小岚说：“伯伯，我不明白，世界各国有那么多著名侦探，你们为什么千里迢迢，来中国找我？”

“有两个原因。第一，因为王后事后也曾暗中派人查探，了解到真正的王子极有可能被带到了中国香港。”宾罗先生停了停，又说，“第二，我读过小岚小姐的作品，尤其是你刚获奖的那本《寻人启事》给我留下很深的印象，所以，凭直觉我相信小岚小姐能帮这个忙。”

“哦——”小岚终于明白了自己所肩负的任务，“但其实，如果直接由香港特区出面，可能会更快找到王子呢！”

“不，由你出面没那么惹人注目，我不想此事太张扬。因为如果让国内一些心怀不轨的人知道了，就会推测到国王已去世，就会有所行动。所以，我们宁愿请小岚小

姐暗中查访。”

晓星马上说：“伯伯，您放心好了，我和小岚姐姐一定全力以赴替您寻找王子!”

“谢谢你们！”宾罗先生又叹了口气说，“但时间紧迫，因为一个月后，便是乌莎努尔国庆，国民会狂欢一周，政府和民间都会举办各种庆祝活动，如果到时国王不露面，必然会引起国民恐慌……所以，你们只有不到一个月时间。唉，真对不起……”

老人家的苦恼激发了小岚的英雄气概，她拍拍胸膛说：“一个月没问题，天下事，难不倒马小岚！”

宾罗先生大喜：“那就谢谢小岚小姐的帮忙！”

晓星顺竿子爬，拉着宾罗先生的手说：“伯伯，伯伯，我也有一件事请您帮忙呢。”

宾罗先生笑着说：“好啊，有什么事尽管说，伯伯一定帮。”

晓星马上把桌上的鱼缸捧到宾罗先生面前，说：“伯伯，您看看这条是不是史前鱼。”

宾罗先生一看：“咦！”

第4章
寻人密探组

这天，小岚、晓星和晓晴一起到机场，给宾罗先生和万卡送行。

要入闸了，晓星还像块狗皮膏药似的贴着宾罗先生：“伯伯，您什么时候才有空帮我鉴别那条史前鱼呢？”

自从宾罗先生说出那条鱼的确有研究价值之后，晓星就兴奋得吃不安睡不稳，只是宾罗先生有许多国家大事要处理，一直没有时间和他深入探讨有关这条鱼的问题。现在见宾罗先生要走了，晓星好着急。

宾罗先生内疚地说：“亲爱的晓星，等找回王子，国内平定之后，我一定跟你一块儿好好地研究这条鱼。”

晓星说：“那我们一言为定！来，我们拉拉钩。”

晓星伸出小指，宾罗先生问：“拉钩是什么意思？”

晓星说：“这是我们小孩子的一个习惯做法，双方用小指拉了钩，就表示答应了，不许反悔。”

宾罗先生笑着说：“噢，好啊好啊！我俩拉钩。”

宾罗先生说着，也伸出小指，钩住晓星的小指，晓星使劲把手摇晃着，一边晃一边说：“伯伯，您跟着我一块念：拉钩，上吊，一百年，不许变！伯伯，您怎么不说呀？”

宾罗先生笑着说：“我说我说，拉钩，上吊……嘿嘿，怎么还要上吊呢？”

晓星说：“嗨，伯伯您别那么多问题好不好，您跟我念就是了嘛！”

宾罗先生哭笑不得，只好跟着晓星“拉钩上吊”了一次。

晓晴敲了晓星脑袋一下：“好啦好啦，人家伯伯要上飞机了。”

宾罗先生跟三个孩子分别拥抱告别，最后，拉着小岚的手说：“孩子，一切靠你了。”

小岚说：“放心吧伯伯，等着我的好消息。”

宾罗先生表示信任地点点头，跟小岚他们挥了挥手，和万卡一道走进通道去了。

小岚和晓星转身要走，却见晓晴仍呆呆地看着两人背影。

“喂！”晓星上前拍了姐姐一下，把晓晴吓了一大跳。

要在平时，晓星的脑瓜早就收到一个“糖炒栗子”，可今天晓晴却一反常态，只是朝弟弟温柔地笑了一笑，嘴里喃喃地说：“他太帅了，不是吗？”

小岚说："谁？大臣伯伯？啊，我也有同感，他真是很帅！"

晓星也说："我同意，伯伯好帅哦！"

晓晴嘟着嘴扭了扭身子，说："什么呀？我是说他，那位侍卫长！"

"他？"小岚用鼻子"哼"了一下，"帅个鬼！呆头呆脑的，一点不帅！"

"他？！"晓星也用鼻子"哼"了一下，接着又大惊小怪地说，"我怀疑他是哑巴呢，我从没听他说过一句话。"

"不管你们怎样诋毁他，事实就是事实！"晓晴朝好朋友和弟弟撇了撇嘴，继续做她的梦去了，"他刚才朝我看了一眼，他一定是喜欢我！"

"哈，哈哈，哈哈哈！"晓星怪笑着，"看了一眼？他看了我好多眼呢，我想他一定也爱上我了！"

"你这个臭小子！硬要跟姐姐作对！"晓晴急了，拿起手机要朝晓星头上砸，吓得晓星落荒而逃。

三人一路上打打闹闹的，回到小岚住所时，电梯门一开，却见到警局的警长刘鹏站在门口。

小岚凭她的侦探天分，曾多次帮助警局破案，所以跟很多警察相熟，警察们有什么疑难问题也喜欢来找小岚商量。

晓星从后面拍了刘鹏一下："喂！"吓了刘鹏一

大跳。

小岚说：“咦，你不是去了内地交流吗？怎么回来了？”

刘鹏小心翼翼地左右张望了一下，说：“进屋再说。”

小岚开了门，四人进屋。刘鹏最后进屋，临关门时，又探头探脑地朝外面看了看。

晓晴用指头捅了捅刘鹏的背脊：“干吗鬼鬼祟祟的？！”

“嘘！我得看看有没有人在后面跟踪。这是执行特别任务时的专业守则。”刘鹏把指头搁在嘴唇上，小声说。

晓星一听，不由得肃然起敬，忙也压低声音：“刘警长，你要执行什么特别任务？可以透露一下吗？”

刘鹏说：“昨晚接到上级命令，急召我回来，说是有一项紧急和秘密的任务。回来后才知道，是要我配合小岚寻找乌莎努尔公国的王子。”

“嘘——”晓星吹了一下口哨，往沙发上一躺，“还以为你老人家另外有什么特别任务，原来是给我们当助手。”

小岚说：“好啦，大家坐好，我们‘寻人密探组’正式成立。”

晓星首先鼓掌：“好啊！”

晓晴和刘鹏也鼓起掌来。

小岚说：“我们要在二十天内找到王子……”

晓星举手问：“请问小岚组长，伯伯不是给我们一个月时间吗？”

“笨蛋！”晓晴指指墙上挂着的年历，“二十天后，我们就要开学了，到时哪儿还有时间？！”

晓星朝姐姐翻了翻白眼。

小岚说：“为了抓紧时间，我俩从今天开始，就要进入状态，首项任务将交由刘警长负责，翻出有关档案，查找1957年来港的人士里，有没有乌莎努尔公国的人。”

刘鹏用手做了一个胜利的手势，接着还得意地瞟了晓星一眼。

晓星急了，马上问：“小岚姐姐，那我要做些什么？”

“你和晓晴有更光荣的任务……”

“小岚姐姐，这任务一定比刘警长的更重要。”

“是呀！”小岚慢条斯理地说，“这任务就是——回家做暑期作业。”

晓晴耸耸肩，一副没所谓的样子，晓星却满脸不高兴：“不！我想要比刘警长更重要的任务！”

“NO！”小岚毫无商量余地，“暑假已经过去一个月了，你俩却连作业本都没碰过，刘警长找有关资料需要时间，有点空档，你们就利用这点时间做作业。”

“唔——”晓星还想负隅顽抗。

小岚大喊一声：“再‘唔’，狗头铡侍候！”

晓星委屈地“嗯”了一声，拉开门准备走。小岚大声说：“晓星先生，你忘了拿东西。”

晓星摸摸脑袋：“没有哇，手手脚脚，拿了，脑袋，拿了……噢，我记起来了！”他突然想起了什么，赶紧转身，跑到桌子旁捧回那个鱼缸，那是他昨天捧来给宾罗先生看的，忘记带走了。

走了几步，又很不放心地把眼睛凑近鱼缸，左看右看。

小岚奸笑着，说：“放心吧，我昨晚还没来得及做红烧鱼，但今天嘛，就难说了。”

晓星一听，吓得抱着鱼缸急走几步，谁知一不小心，手上一滑，鱼缸“咣当”一声掉落地上，玻璃碎片散了一地，那条鱼也掉落在地，尾巴一甩一甩地挣扎着。

晓星吓得呆住了。小岚见鱼儿一跳一跳的，正越来越接近一块尖利的玻璃，便急忙蹲下身，用手轻轻地把鱼儿捧

起。刘鹏见了，马上拿起桌上的一只杯子，跑到厨房盛了点水，让小岚把鱼放了进去。

见到鱼儿在水中抖了两下，又悠游地摇着尾巴，大家才放了心。

“小岚姐姐，谢谢你！”晓星感激万分，拿起小岚的手晃呀晃的。

“哎哟！”小岚赶快缩回手。

“小岚姐姐，你怎么啦？”晓星拿起小岚的手一看，发现她的中指指尖在流血，“哎呀，你的手被玻璃刺破了！”

刘鹏赶紧从纸巾盒里抽出一张纸巾，给小岚擦血，好在伤口不大。

这时候，晓晴拿来了一块止血贴，给小岚包好伤口。

小岚扬了扬手说：“没事啦，好了，按原定计划，我们分头行动吧！”

晓星却拿着染有小岚血迹的那张纸巾在发呆。晓晴拍了他一下：“看什么？”

晓星指着纸巾上的血说：“小岚姐姐为了抢救我的史前鱼而流血牺牲，我要把小岚姐姐的英勇事迹载入史册，让千秋万代永远记住……”

“什么流血牺牲？我还活生生的呢！”小岚眼睛一瞪，晓星扮了个鬼脸，捧着鱼逃跑了。

第5章
唐楼里的王子

“唉！”刘鹏一进门，便大声叹气。

小岚和晓晴姐弟已在屋里等着，见他这副样子，知道大事不妙。

刘鹏一屁股坐在沙发上，又叹了一口气，然后才说：“小岚组长，你要我找的资料，没法找到了。”

晓星哼了一声：“嘴上无毛，办事不牢！这事如果换了我，保证没问题。”

“小朋友，换了你，准哭鼻子呢！”刘鹏垂头丧气地说，“我查过，1957年的出入境记录已经删除了，原来有关记录一般只保留十年。”

大家一听都呆住了。

没了记录，怎么去找一个五十年前来香港的人？

四个人坐着发愣，屋子里静得连一根针掉下地都听得见。

“喂喂喂！”小岚从沙发上站了起来，“大家别那么闷好不好，总会有办法的。”

“小岚姐姐说得对，我们不要泄气！”晓星跟着站了起

来，说，“只有找到王子，大臣伯伯才会跟我一起研究史前鱼。”

“我也不泄气！”刘鹏不甘示弱，也站起来说，“只有找到王子，我才有可能升职。”

“我也不泄气！”晓晴也腾地站了起来，双手按在胸前，神往地说，“我不想研究什么史前鱼，也不想升职，我只是想认识那位王子，当王子遇上公主时……我就是公主。啊，好浪漫哦！”晓晴陶醉地闭上了眼睛。

晓星扯扯她的衣服下摆，提醒说：“姐姐，那王子今年已经五十岁了！”

“真没劲！”晓晴张开眼睛，不高兴地说，“你让我做做白日梦好不好！”

斗嘴也好，做梦也好，屋子里总算有点生气了，小岚满意地点了点头，坐了下来。

晓星见了，也赶紧跟着小岚坐下了。

刘鹏和晓晴也坐了下来。

小岚说：“人走过必留下痕迹，五十年前，王子如果真的来过，那一定有人见过他们。我们可以去人群中作调查。”

晓星扳着指头，自言自语地说：“香港有六百多万人口，我们每天调查一百人，那也要六万天才查得完。一年

三百六十五日，那就是说，我们要用一百六十六年时间，才问得完！我的妈呀，我们哪有这么长命！”

“去你的！”小岚打了晓星一下，“真笨！我们可以集中力量在中西区这些外国人喜欢住的区域查找，另外，访查人口先集中在五十到七十岁这个年龄段。”

“小岚组长英明，不像有些小朋友……”刘鹏不怀好意地朝晓星奸笑，气得晓星直朝他吐舌头。

“刘警长！”

“有！”

“你赶快回警局查找有关资料。”

刘鹏得意地笑道：“不用回警局了，我已经征得同意，拿到了进入资料库的密码，我用任何一台电脑都可以上网查找。”

小岚很高兴：“好，我们先记刘警长一功！我们赶快上网查找。”

刘鹏急忙打开电脑，同警局有关资料库连线。

晓星撇撇嘴，嘟囔着：“哼，糊涂一世聪明一时。”

刘鹏很快把有关资料打印出来了。咦，光是中西区，五十至七十岁这个年龄段的人也不少呢！

小岚接过资料看了看，然后对刘鹏说：“你和晓晴一

组，负责中环，我和晓星一组，负责西环，我们每天晚饭时碰一次头，吃饭兼开会，汇报情况……”

“吃饭？好啊！那是不是小岚姐姐请？”晓星一听到“吃”字就来劲儿。

“无所谓啦！”小岚眨眨眼睛，“不过，有个更大的老板请呢，那就是乌莎努尔政府。我们替他们做事，可以报销。”

“噢，这个老板很有钱的哦！一定要使劲吃！吃好的！”晓星兴奋地说。

小岚给晓星的脑袋来了一下：“光知道吃！我们就去这楼下商场的麦当劳吧，那里安静，而且坐多久都可以，方便我们边吃边谈。”

调查开始好多天了，“麦当劳会议”也已经开了好多次，但大家带回来的消息都是令人丧气的——在访问过的那些老人记忆中，没有一个像是从乌莎努尔公国逃亡出来的王子。

第五天大清早……

“砰砰砰”，又来了！准是那个笨蛋晓星，别人来找都按门铃，只有他总是把门敲得震天响。

“再敲，看我揍你！”小岚一拉开门，就装出一副凶相。

晓星慌忙用手抱着脑袋，他怕小岚又给他“糖炒栗子”吃。

见小岚“雷声大雨点小”，他才放了心：“我也知道小岚姐姐‘刀子嘴豆腐心’，其实心里可疼我啦！”

“肉麻！”小岚作出打冷战的样子，又说，“快拿扫把来扫扫地，我鸡皮疙瘩都掉一地了！”

“哈哈，小岚姐姐掉鸡皮，小岚姐姐掉鸡皮！”晓星狂笑，“小岚姐姐的皮是鸡皮！！”

“你这小坏蛋！看我真的打你！”小岚反被晓星捉弄，气急败坏地追打他。

晓星逃到阁楼上：“小岚姐姐，你别生气，我们讲和好吗？”

“不行！”小岚拿着鸡毛掸子，守在阁楼的楼梯下，那是“一夫当关，万夫莫开”的要隘。小岚一副洋洋得意的样子，哼哼，你这小坏蛋这次必死无疑！

“小岚姐姐，我用一个好消息跟你做讲和条件行吗？”

“不行！你哪有什么好消息！”

“有关寻找王子的好消息呢？行不行？”晓星开始“利诱”小岚。

“唔……”小岚有点动心了，“说来听听，先看看消息

的重要性如何再说。”

晓星说：“其实我今天来，就是要告诉你这个消息的。我有个同学告诉我，他住的地方，有个很奇怪的人，他要人家称他王子。”

“真的？”小岚又用眼瞪着晓星，“骗我？”

晓星急忙发誓：“我发誓！骗你是小狗！不，是蠢猪！”

“好吧，下来！”小岚把鸡毛掸子一扔，晓星急忙溜下来，没想到小岚又马上捡起鸡毛掸子，以迅雷不及掩耳之势“啪”地给了晓星一下，“小坏蛋，怎么不早点跟我说，白白浪费了时间！”

晓星摸着屁股夸张地嚷嚷着：“救命啊，小岚姐姐使阴招！”

小岚早冲进洗手间梳洗去了。十分钟后，两人出了门。

传闻中的“王子”住在西环一幢楼里，小岚和晓星上楼时都有点胆战心惊，因为那楼梯踩上去会“咔嗦咔嗦”响，好像随时会塌下去。

“真是个‘落难王子’，住这种地方。”晓星嘟囔着。

幸好他们平安无事地上到了王子住的楼层，又找到了那

个房间。

“叮咚！”

屋里有人说：“进来！”

小岚看了看，门没关，于是她轻轻推开了门。

屋里光线很暗，依稀见到一间约20平方米的客厅，摆着一些简单的家具。迎面有一扇很大的窗子，有个人倚着窗一动不动地站着，那侧面很像一幅剪影。

听到小岚他俩进来的声音，那人缓缓地转过身来，因为逆光，看不清他的样子，只见他高高的身材，身上披着一件大衣。

小岚心里嘀咕，看他的身形动作，真有点王者风范呢！

“请问先生……”小岚刚开口就被那人打断了。

那人声音威严地说：“什么先生，称我王子殿下！”

小岚赶紧道歉说：“对不起！王子殿下！”

“请坐。”那人口气缓和了，彬彬有礼地伸出手，做了个“请”的手势。他自己先坐了下来，问，“小姐和先生找我有何贵干？”

“请问……”小岚正要仔细问，突然有人进来了，是一个六十多岁的女人。

女人恭敬地朝那人鞠了个躬，说："王子殿下，我回来了。"

"英国政府有回音了吗？他们是否已经承认我是查尔斯王子的私生子？"那人问。

女人说："还没有，他们还得进行DNA验证，王子殿下，您耐心等待。总有一天，他们会恢复您的王族身份，恭迎您回国的。"

那人点点头，说："我相信这一天很快会到来。到时，我就是尊贵的英国王子。"

"是的，王子殿下！"女人恭敬地说。

那人声音变得疲倦，他站了起来，对女人说："我累了，要休息一下，你送这两位客人走吧。"说完他很有仪态地转身，走进了房间。

小岚和晓星听得莫名其妙。晓星对女人说："婶婶，王子殿下他……"

女人把指头搁在嘴边："嘘，小声点。"

等那人关上了房门，女人才松了口气，在小岚身旁坐了下来。她轻轻叹了口气："他是我儿子。多年前，他因为工作压力大，在公司受人排挤，又看了太多电视上那些王子啊格格啊的电影，便想入非非，希望自己有朝一日变成王子。久而久之他就得了妄想症，他以为自己是查尔斯王子的私生

子，他写了很多封信，叫我寄到白金汉宫……”

女人拉开一个抽屉，里面塞满了一封封信。“我当然没寄。但他就一直在等待，等待，一直等了八年……”女人哽咽着。

小岚同情地对女人说：“婶婶，您怎么不对他说真话呢？”

女人摇摇头：“不行！我曾经跟他说过，这一切只是他的幻想而已，但他一听就变得异常疯狂，还拿刀自残身体，直到我哄他说，他真是英国王子之后，他才变安静了。所以，我就只好让他一直生活在幻想之中。”

小岚搂着婶婶的肩膀：“婶婶，真难为您了！”

女人叹气说：“不管怎样，他都是我的儿子，我有责任在有生之年照顾好他。”

小岚和晓星默默地离开了“王子”的家，晓星躲躲闪闪的，生怕小岚骂他，谁知小岚一点没怪他的意思，只是很感慨地说：“唉，竟然有人因为想做王子，疯成这样！其实，做王子有什么好，乌莎努尔公国那几个王子公主，小小年纪就被杀死，多可怕。”

第6章
金鱼带来的契机

小岚和晓星坐在麦当劳等晓晴和刘鹏，不一会儿，见到他们兴冲冲地来了。晓晴远远就朝小岚、晓星大声叫道：“嘿，有消息了！”

小岚和晓星一听都十分兴奋，异口同声地问：“找到了吗？”

晓晴气喘吁吁的，小岚忙把自己那杯橙汁递给她：“喝一口再说……”

刘鹏却用眼睛盯着晓星面前那只炸鸡腿，说：“我倒是要吃点东西才有力气说。”

晓星嘟着嘴，把鸡腿递到刘鹏面前：“拿去吧！”

等到晓晴喝光了橙汁，刘鹏嚼完了鸡腿，小岚和晓星已经不耐烦到极限了。晓星狠狠地盯着这两个人的嘴巴，恨不能马上伸手从那里掏出话来。

幸亏晓晴开口了。

“今天我俩去了中环，访问了一位六十多岁的吴老先生，这个老人家脾气有点怪，一开始不愿意搭理我们，后来才说了几句，提到在他十五岁那年，曾有一对乌莎努尔母子

搬到隔壁。那位母亲当时三十上下年纪，儿子看上去还没满月。吴老先生的妈妈跟他们关系不错，两家常有来往，吴老先生记得，那个小婴儿有个中国名字，叫源允。”

刘鹏补充说：“吴老先生今年六十五岁，他十五岁那年刚好是一九五七年，所以，我们有理由相信，源允有可能是那位被掉包的王子。”

“太好了！”小岚性急地问，“那对母子现在在哪里？”

刘鹏有点丧气地说：“嘿，还没来得及问呢，吴老先生就……”

晓星一听马上腾地站了起来，着急地问：“呀，死了？！”

晓晴用力把他一按，叫他坐下来：“死你个头！他只是显得很不耐烦的样子，把我们赶出门外。”

晓星心有余悸地拍着胸口：“噢，吓死我了，我看过许多电视剧，许多人就是在差一点说出秘密的时候，头一歪，死了。”

小岚站起来，一挥手说：“好不容易有这条线索，一定不可以错过，事不宜迟，我们现在马上再去找吴老先生！”

刘鹏看了看手表，说：“对不起，我今晚还要回警局开会，不能跟你们一块儿去了！我明天再跟你们会合。”

三个孩子马上坐计程车去吴老先生家。

“谁呀？”门“吱呀”一声打开了，从里面探出一个白头发的脑袋。

晓晴嘴巴甜甜地说：“吴伯伯，是我们啊！”

“咦，怎么又是你，还多了两个，刚才还烦我不够 吗？走走走，我忙得很呢，没时间陪你们玩！”吴老先生大吼一声，就想关门。

“啊，伯伯，您养的金鱼好漂亮啊！”身形矮小的晓星从老人胳肢窝下“吱溜”一下钻进了屋子里，直奔屋角那个金鱼缸。

“伯伯，您好厉害，很多都是名种鱼呢！”晓星的鼻子几乎贴在金鱼缸的玻璃上，眼里露出惊喜的光彩。自从他从伊拉克带回了那条心目中的“史前鱼”后，就不断地上网查找有关鱼的资料，学到了很多这方面的知识，这使他成了半个鱼博士。

“晓星，你……”晓晴一把没拉住晓星，心想糟了，晓星不请自进，一定激怒吴老先生了。

谁知……

吴老先生先是惊讶地看着这长驱直入的男孩子，继而蛮有兴趣地走过去，和晓星一块儿看鱼。

“你喜欢鱼？”

“当然喜欢，喜欢得不得了！”

“都知道这些鱼叫什么名字吗？”

“那还用说！”晓星指着那些游来游去的金鱼说开了，“这条胖嘟嘟脑袋红艳艳的叫寿星，这条颜色紫黑长着大眼泡的叫黑四泡眼，这条长着金黄色脑袋银白色身体的叫银狮头……”

“呵呵呵！小朋友，你懂得真多啊！”吴老先生笑得嘴都合不拢了，他又指着一条扬着大尾巴悠闲地游过来的鱼问，“这条呢？你知道这条叫什么吗？

“伯伯，您难不倒我的！”晓星得意地说，“这条叫三色鹤顶珠鳞。”

吴老先生点点头，又指着一条紫灰色的眼睛向上的鱼问：“这条呢？”

晓星一看，糟了，不认得！他只好随口乱讲一通：“这鱼呀，有两个名字，一个短的名字我忘了，一个长的名字叫‘雨眼朝天霹露金刚齐天大圣扭纹柴’。”

吴老先生愣了愣，笑着说：“小朋友，你真厉害，我都不知道这鱼有个这样古怪的名字呢！”

见老少两人相谈甚欢，小岚跟晓晴互相使了个开心的眼色。

两人旁若无人地谈了好长时间鱼经，从眼前一缸金鱼又

谈到了晓星的史前鱼，看样子，他们这样讲下去，说个十天八天都说不完。小岚急了，狠狠地用指头戳了戳晓星的背，晓星扭了扭身子，转头责怪地对小岚说："小岚姐姐，你注意一下礼貌，我在跟伯伯说话呀！"之后又拉住吴老先生的手说："您一定要相信我，我从伊拉克带回来的那条，一定是史前鱼……"

吴老先生笑呵呵地说："相信，相信，当然相信！"

小岚哭笑不得。

直到吴老先生忽然记起了屋里还有其他人，才意犹未尽地打住了话题。他转身招呼小岚和晓晴坐下，态度跟之前完全判若两人。

"好吧，说说看，你们想知道些什么？"吴老先生客客气气地说。

小岚迫不及待地问："伯伯，刚才我们有两位朋友来找过您，听您讲过关于您多年前的邻居——源允两母子的事，我们想再多了解一点他俩的事，您能帮我们这个忙吗？"

老人点点头，说："好的，你们还想知道些什么？"

小岚见老人肯配合，高兴极了："我们想知道，那两母子现在的下落。"

“唉，这是一件悲惨的事，所以我刚才不想再谈下去。”吴老先生叹息说，“在我二十岁那年，他们走了，他们并没有说去哪里，在一个早上悄悄地搬走了。这事我妈妈一直唠叨了好久，说那母亲真没有人情味，怎么连个联络方式都不留下。而一年之后，我家也搬离了原来住的地方。上个月，我遇到了一位少年时的旧街坊杨仔，哦，现在该叫他老杨了。老杨几年前回了内地一个叫皇角的小镇定居，他听村民说，十多年前也有一对姓源的母子，从香港搬去那里定居，可惜在一次台风中他们住的房子倒塌，母子双双丧生。我们都估计是旧邻居源允母子，大家都挺唏嘘的。”

“真惨！”晓晴问，“但是你们凭什么断定那一定是源允母子呢？会不会是同名同姓！”

吴老先生说：“姓源的人本来不多，连名字都相同就更少，又刚好是母子俩，还是从香港去的，时间也很吻合，所以，我和老杨都觉得那会是他们。”

“糟了！”小岚不由得心里一惊，这岂不是说，霍雷尔家族真的绝后了！

“唉！”晓星很大声地叹了口气，“又是一次灭门惨案！”

吴老先生摇摇头，说：“不！”

“咦，那个妈妈和儿子其实没死？”晓星惊喜地问。

吴老先生说："不是，源允原来已经结了婚，并生了一个孩子……"

"啊！"三个孩子一齐叫了起来。真是柳暗花明又一村！

小岚着急地问："伯伯，那孩子现在在哪里，平安吗？"

"我当时也问了老杨，但老杨也不清楚，或者你们可以直接去皇角，从村民那里也许会找到更多线索。"

小岚一边听一边记录着。

不知不觉，墙上的大挂钟当当地响了十下，啊，很晚了。

小岚合上笔记本，站了起来。她感激地拉着吴老先生的手，说："伯伯，谢谢您给我们提供了很宝贵的线索。打扰您了，我们走了，再见！"

吴老先生点点头，又对晓星说："小朋友，有空就来玩。还有，那条'雨眼朝天霹雳金刚……孙悟空扭纹柴'……"

晓星说："伯伯，您说错了，是'雨眼朝天霹露金刚齐天大圣扭纹柴'呢！"

"噢，对对对！'雨眼朝天霹露金刚齐天大圣扭纹柴'怀孕了，等它生了小鱼，送一条给你。"

"好啊，谢谢伯伯！"晓星欢天喜地地说。

当晚，小岚跟宾罗先生通了个电话，宾罗先生一边听一边难过得长吁短叹。

看来，现在唯一的希望，就是能在皇角找到源允的后代了。

第7章
北上寻人

“轰隆隆！轰隆隆！”

一列由香港至广东的直通车以每小时百多公里的时速前进着。小岚、晓星、晓晴坐在其中一个包厢里。

“……三十一、三十二、三十三、三十四……”晓星趴在车窗上，蛮有兴趣地数着那些在任劳任怨埋头耕田的牛。

晓晴拿着个小镜子在细心地描着眉。

小岚闭着眼睛，其实她根本睡不着，心里一直想着此行不知道结果怎样。不知道源允是不是那位被掉包的王子？人的命运真是奇怪，本来可以享尽荣华富贵，贵为一国之君，却因为一个偶然的错误而颠沛流离，客死异乡。她又想起了宾罗先生给她看过的老王后努西其卡的那封信，想起了五十年前，那改写了乌莎努尔历史的事件……

那时，努西其卡王后还很年轻，刚刚怀上了第一胎孩子。当她怀胎六个月时，在法国定居的父亲罹患重病，生性孝顺的努西其卡马上起程回家看望，之后父亲病逝，王后在家帮忙打点一切，可能由于过度悲伤和劳累，结果胎儿在七个多月时早产了。王子满月时，王后便带着他坐邮轮回乌莎努

尔。碰巧的是，在邮轮上，她遇到一个也是带着刚满月男婴的乌莎努尔女人，大家有共同话题，便聊了一会儿。王后见那男婴衣衫单薄，便好心把一件备用的婴儿披风送给了男婴。谁知道，初生婴儿样子本来就差不多，加上又包着一样的披风，其间阴差阳错，不知怎的就掉换了。等到王后发现怀中的并非自己儿子时，发疯似的满船去找那个女人，但那两母子却像人间蒸发一样，不见踪影。船长说，船中途曾停靠一个大港口，那港口可以通向世界各地，许多人会在港口转船，那两母子很可能也在那时候下了船。王后既不知道那个女人的名字，也不知道她去了哪里，她悲痛欲绝之余，只好把那错换的男婴带回了国。国王不知就里，以为是自己的骨肉，十分疼爱，为他取名伍拉特。王后好几次想把真相告诉国王，但一直没有勇气，担心万一真正的王子找不回来，国家就会大乱。况且，医生告诉她，由于早产后留下隐患，她再也不能生孩子了。

就这样，那位假王子在王宫中长大，后来又继承了王位，除了王后之外，没有人知道他是假的……

“小岚姐姐！”晓星的叫声惊醒了小岚。

小岚从五十年前的故事中回到现实，她稍稍整理了一下纷乱的思绪，才应道：“怎么啦？”

一直趴在车窗口的晓星扭过身来，兴致勃勃地说：“小岚姐姐，原来牛可以用来耕田的呢！上次我们学校去野外露

营，见到很多牛在帐篷门口散步，吓得我们一晚上不敢出来尿尿。”

“嘻嘻！”晓晴用指头点了点弟弟的额头，“怪不得那次露营回来衣服一股臊味！”

“与其让它们在山野里游手好闲，不如让它们来这里耕田好了。”晓星认真地说。

“傻瓜！”小岚白了他一眼。

晓星委屈地说：“什么呀！这明明是个好主意嘛！”

小岚说：“香港山上那些牛老爷牛少爷，肯帮你耕田才怪呢！”

晓星说：“可以想办法驯服它们呀！噢，我也很想当个驯牛师呢，说不定可以在那些野牛里发现一头史前牛……”

“哈哈哈！”小岚和晓晴大笑起来。

晓晴挖苦说：“看来我也得研究研究，说不定会在我们家发现一个史前人呢！”

晓星朝姐姐扮了个鬼脸，说：“我是史前人，你是史前人的姐姐，那也是史前人了，哈哈……”

三个孩子就这样说说笑笑的，很快就到了终点。据吴老先生的指点，到了火车站，还要坐一个小时的巴士才能到皇角，三个孩子人生路不熟，幸亏他们机灵，东问问西问问，

终于在天黑前顺利地到了目的地，又找到了吴老先生的朋友——杨伯伯。

杨伯伯是香港人，退休之后回到乡下，买了块地，盖了间屋子，开垦了个果园，日子过得悠游自在。他年纪应该比吴老先生大五六岁，但看上去比吴老先生硬朗，腰板挺直、脸色红润，说话声音很洪亮。他见了小岚一行人，马上笑嘻嘻的请他们进屋，又唤出老伴杨老太出来招呼客人。

这对好客的老人，好像恨不得要把家里所有能吃的都端出来，只见一张小方桌上，水果啦瓜子啦小吃啦摆得满满的。

但最吸引三个孩子目光的不是那些食物，而是杨伯伯那个种满了水果蔬菜的果园。晓星正想冲进去参观，却被小岚一手抓住衣领，拖回来了："办完正经事再去玩！"

晓星只好乖乖地坐下。

小岚迫不及待地向杨伯伯问起源允的事："您能肯定那户人家就是源允一家吗？"

杨伯伯说："应该是他们。因为不但名字一样，人们描述这母子的外形也跟他们很像。"

小岚又问："那源允的妻子和孩子呢？他俩现在在哪里？"

杨伯伯摇头说："我也问过这里的乡亲父老，只知道源允死后，源允妻子抱着出生不久的孩子离开了这里，不

知下落。”

人海茫茫，去哪里找他们呢？小岚皱着眉，心想，现在唯一可以做的，就是先找到源允的遗骨，通过DNA鉴定，确定他是否就是那位被掉包的王子，如果证实是，就再想办法找寻他的妻子和孩子。于是她问杨伯伯："有人知道源允母子安葬的地点吗？"

"我打听过，因为他俩是外地人，不可以安葬在村民的公墓，当时是一帮好心人替他俩在村子的外面找了块地，挖了个坑埋了。我问过当年有份帮忙的程老二，他说依稀记得地方。"

"那太好了！"小岚兴奋地说，"杨伯伯，明天您就带我们去找程老二，我们想挖出源允的遗骨。"

杨伯伯一听大吃一惊："啊，不行不行，这可是对死者大不敬啊！这里的村民是决不允许你们这样做的。"

小岚恳求说："杨伯伯，您就帮帮忙吧！我们受一朋友所托，来寻找源允的遗骨，他俩在外国的亲人，希望把他们的遗骨接回去，不想他们死了也流落异乡。"

这时，一直没吱声的晓星也开始使用他的软功，他用手摇着杨伯伯的胳膊："伯伯，您帮帮忙吧，您帮忙说服村民，让我们把源允的遗骨带回他的家乡吧！".

"好吧！"杨伯伯点了点头，说，"源允也真可怜，

我就帮你们去跟村民们说说吧，但我不敢担保他们一定同意。”

其实杨伯伯也是个十分热心的人，他马上就出门，去找程老二和村里的负责人商量去了。

杨老太早已替他们收拾好两间客房，又烧好热水，让他们痛痛快快洗个澡，早点休息。

夜里小岚净做些和挖墓有关的梦，整晚都睡不好，到天刚亮，又被一阵敲门声吵醒了。不用问，又是晓星了！

跟她睡一张床的晓晴转了个身，含含糊糊地说：“是谁呀？别管他！”

但敲门声仍在继续，小岚只好骂骂咧咧地趿着拖鞋去打开房门。

果然是晓星！

只见他拿着一棵新鲜碧绿的白菜，得意地在小岚面前晃呀晃的，还一边说：“我刚才跟伯伯去果园摘菜了，这棵菜是我亲手摘的，这就去让婆婆熬汤给你喝！”

说完一蹦一跳地走了。

小岚看了看天色，东方才刚刚露出鱼肚白，还早着呢！但见到杨伯伯和杨老太都起床了，一个在打太极拳，一个在准备早餐，所以也不好意思再睡，就转身拿洗漱用具去了。她还顺手把晓晴从被窝里揪了起来。

杨老太很快端出了一桌子好吃的：白菜蛋花汤，小粟饺干，蒸饺子，香煎饼……

“大家随便吃，随便吃！”打完太极拳的杨伯伯显得神清气爽，他大声招呼着三个孩子。大家一边吃，一边听杨伯伯说起昨晚找人商量掘墓的经过。

过程还挺多波折呢！这里的村民都很迷信，认为不能随便动墓穴，幸好杨伯伯在这里人缘好，费了很多口舌，才终于说服了他们。

晓星高兴地说：“噢，那他们同意挖掘源允的墓穴了？”

杨伯伯点点头：“程老二说，他准备今早就去寻找墓穴，毕竟已相隔十六年了，估计得费点时间才能找到。”

小岚这才松了一口气。

杨伯伯说：“我看你们得找一个人去监督挖掘过程，村民们是不懂得如何处理挖出来的骸骨的。”

杨伯伯的话很对，却着实令小岚为难。她虽然天不怕地不怕，但到底是女孩子，想起挖墓这种事情未免有点毛骨悚然。

她拿眼睛瞄瞄晓晴，晓晴马上捧起桌上一只蓝花瓷碗，专注地欣赏起来。

小岚又望向晓星，晓星马上装模作样地说：“今天天

气，哈哈哈！”

真没义气！

去就去呗！小岚把心一横，决定要把这事扛下来……

幸亏这时候救星来了。

外面有人拍门：“请问，这里是杨老伯的家吗？”

是刘鹏的声音！

噢，小岚如释重负，她跳起来，三步并作两步跑去开门。

“你来了，真好啊！”小岚搂着刘鹏，高兴得一跳一跳的，弄得刘鹏莫名其妙。

小岚用手一拍刘鹏的肩膀：“你马上跟杨伯伯去挖掘源允的坟墓。”

“没问题！”刘鹏双脚一并，举手行了个标准的队礼。掘坟墓，处理骸骨，对于一个警察来说简直是小意思啦！

程老二年纪大记忆力有点不济。结果用了两天时间，才找着了那个坟墓，挖开后，果然发现一副完整的男人的骸骨，刘鹏亲自监督，将骸骨逐块取了上来，又小心地装进箱子里。

小岚等人感谢杨伯伯及村民的大力帮忙，之后马上起程，把经过小心包装的源允遗骨，运回香港。

第8章
等候化验结果

特首虽然工作繁忙，但他一直都关注着“寻人密探组”的每一点进展，这次接到寻获源允遗骨的消息后，十分高兴，他马上致电宾罗先生，告知这个好消息。

“宾罗先生，好消息！小岚他们已经找到了那位疑似王子的源允的遗骨了！”

“啊！”宾罗先生在电话那头声音颤抖地叫了起来，“谢谢你们！谢谢特首先生给介绍了这么一位出色的女孩子！如果源允真是那位被掉包的王子，就可以顺藤摸瓜，找到源允的后代，那带有霍雷尔家族血统的人就呼之欲出了。”

“别客气！”特首又说，“小岚真是不错，她本来打算立即起程去陕西找寻源允的后代，我怕她太辛苦，就让刘鹏去了，这几天就让她休息一下。这孩子，聪明能干，完成任务之后，我要好好嘉奖她。”

“是，是，我们乌莎努尔公国也要好好嘉奖她！”宾罗先生又说，“特首先生，您能不能帮个忙，在香港物色一间信得过的DNA化验所，化验源允的DNA。我会尽快把霍雷尔

家族的DNA资料送到香港的。”

“我很乐意帮忙！”特首说，“刚好蔡雄平的夫人张圆是一家亲子鉴定中心的所长，我就把这个任务交给她好啦！”

“谢谢！谢谢！由蔡夫人处理，那我就更放心啦！”宾罗先生有点喜出望外。

小岚刚下飞机，就接到了特首打来的电话，让他们直接把源允的遗骨送到张圆的亲子鉴定中心。

在出口处跟蓝领带和紫领带会合后，一部奔驰载着小岚等人，另外一辆小型货车负责运载装有源允遗骨的大木箱。车子直接驶去了亲子鉴定中心。

张圆四十上下年纪，白皙的脸上架着一副黑边眼镜，显得文质彬彬的。她亲切地跟小岚说着话，还让小岚放心，因为她已接到特首的电话，知道这次鉴定事关重大，她会亲自来做这项检验工作。

小岚放心地把箱子交给了张圆。

直到从亲子鉴定中心出来那一刻，小岚才觉得一直紧绷着的神经一下松弛了下来。辛苦这么多天，总算可以休息一下了。鉴定结果要等三天后才能出来。起码这三天里可以好好玩一下了。

小岚坐巴士很快回到了家，一边拿钥匙开门，心里一边

盘算。是在家打游戏呢？还是出去玩几天，每天游泳、划船、钓鱼，大玩特玩。嘻嘻！小岚开心得笑出声来。

“小岚姐姐，你笑什么？”晓星不知什么时候溜进了她家，正埋头写着什么，“我好乖呢，我一有空就做功课了！”

“功课？”晓星一句话，把小岚从憧憬里拉了回来：“是呀，自己把做功课的事全忘记了！语文、数学、历史、英文……天哪天哪，一个巴掌都数不完。之前做了一点点，但没做的还多着呢，看来，哪儿都不能去了！

都怪晓星！让自己的白日梦做长一点也好嘛！她狠狠地瞪了晓星一眼。

晓星吓得一缩脖子，扁着嘴说：“人家不乖你又凶人，人家乖你还是要凶人，好没意思！”

“没意思？好，没意思还赖在人家家里干什么？”小岚故意拉长脸孔说。

晓星以为小岚生气了，怕小岚真的不和他玩，急得眼泪都要掉出来了。幸好这时候，电话响了。

“喂，谁呀？”小岚赶紧拿起电话，“噢，是特首叔叔！什么，请我们吃饭？噢，好开心！在哪里？礼宾府宴会厅？哈，我们成贵宾啦！一定到，一定到！”

一转身，晓星正鬼鬼祟祟站在她身后，一见小岚看他，

忙又溜回去坐在椅子上，但一双眼睛又不住地往小岚脸上看，希望小岚快点把电话内容告诉他。小岚却故意逗他，一声不响地往卧室走去。

晓星实在按捺不住了，他跟在小岚后面，满脸讨好地问："小岚姐姐，刚才谁打电话来了，是特首叔叔吗？他请吃饭？还叫了谁？"

"八卦！"小岚继续走着。

"小岚姐姐，告诉我嘛！"晓星死皮赖脸地说。

小岚走进卧室，把门"砰"的一声关上。晓星在门外抓耳挠腮，急得像热锅上的蚂蚁。

小岚把他耍够了，才从卧室里探出头来，说："小子，快回家告诉你姐姐，特首叔叔今晚请我们'寻人密探组'成员吃饭，十五分钟后车子在楼下等。"

"万岁！一定要吃顿好的！"晓星欢呼着，连桌上的作业都顾不上收拾了，一眨眼就跑出了门口，不见人影。这小子，一听到"吃"字就特别来劲！

小岚很快换了一套干净衣服，刚走出客厅，就听到大门被人拍得震天响。不用问，肯定是晓星！小岚拉开门，见晓星打扮得整整齐齐站在门口。

"晓晴呢？"

晓星说："嗨，她呀！在满屋子找东西呢，找完衣服找

鞋子，找完鞋子找口红，找完口红找手提袋。嘿，女孩子就是麻烦！”

小岚眼睛一瞪：“你找死啊！什么女孩子麻烦！”

“噢噢！”晓星吐了吐舌头，说：“小岚姐姐就不麻烦。”

小岚昂起头，说：“本来就是嘛！”

这时候，楼下传来“叭叭”的声音，小岚从窗口探头看了看，对晓星说：“是特首叔叔派车来接了，快打电话给你那慢性子姐姐，叫她老人家快点下来。”

晓星正打电话之际，门铃又被人按得叮咚响，打开门一看，正是奉命来接他们的蓝领带和紫领带。

两人走进屋来，蓝领带说：“特首派我俩来。”

紫领带接上说：“接你们去吃晚饭。”

蓝领带说：“请问你们可以出门了吗？”

紫领带说：“车子在下面等着呢！”

小岚和晓星听得捂着嘴笑。小岚朝晓星眨眨眼睛，说：“还有一位小姐没到。”

晓星忙接上说：“等她来了就马上走。”

小岚又说：“很抱歉！”

晓星忍住笑接着说：“对不起！”

话音刚落，两人就忍俊不禁，张大嘴巴狂笑起来。

第9章
一副骸骨两种DNA

对活泼好动的马小岚来说，每天要她老老实实地坐在书桌前，做着那些好像永远也做不完的暑期作业，简直是惨不堪言。在等待DNA检验结果的那三天里，小岚每天起床，随便塞几口面包，就开始做功课，做完语文做数学，做完数学做英文，做完英文做历史……在做功课的过程中，她还得不断地和电视、游戏机，以及晓星姐弟时不时的骚扰作斗争，弄得二十四小时都紧张兮兮的，快得神经病了。

幸好，小岚的聪明能干不但表现在写小说上，而且还表现在完成功课中，到第三天下午，她竟然把暑期作业全部完成了。

“万岁！”当在作业本上写完了最后一个字时，小岚把笔一扔，便跑去打开音响，随着那震耳的音乐，乱扭起来。

刚扭得痛快，就听到大门被拍得“嘭嘭”响。又是晓星这小子！小岚生气地“啪”一下关了音响，走去猛地拉开门，又摆出“饿虎擒羊”的架势：“小子，看招……”

幸好及时收手，门口站着的是蔡雄平。

“嘻嘻，对不起，我以为又是晓星来捣蛋。”小岚捂着

嘴笑。

“哈哈！看来，我下次来的时候，得穿副护身盔甲才行！”蔡雄平打着哈哈，又说，“我太太那里有源允遗骨的检验结果了，特首让我来接你们去礼宾府，一齐听听DNA检验结果。”

“太好了！”小岚赶紧打电话给晓晴和晓星，请他们赶快下来。

十分钟后，小岚等人已来到礼宾府，蔡雄平把他们引进了一间小会议室。小岚见张圆医生已坐在那里，便性急地问：“张医生，结果怎样了？”

张圆刚要说什么，门口走进几个人来，是特首和宾罗先生，后面还跟着万卡。

大家都站了起来。晓星溜到宾罗先生跟前，拉着他的手开心地说：“伯伯，你什么时候到香港的？”

“刚下飞机呢！”宾罗先生亲了晓星一下，又向张圆说：“这位美丽的夫人，一定是张医生了！”

张圆微笑着点点头，说：“我是张圆。我猜您一定是宾罗先生吧！”宾罗先生说：“是，我是宾罗。请问那项DNA检验有结果了吗？”

张圆点点头。

特首示意大家坐下，又叫蔡雄平关好门。

张圆把一叠资料从提包里拿出来，摊在面前的会议桌上。

“尊敬的宾罗先生，特首先生，还有在座的各位，有关源允遗骨DNA的化验报告如下：我们收到了小岚小姐交来的源允的遗骨后，从里面取了一截大腿骨和一块颊骨，取得有关组织，分别进行DNA检验。但化验结果十分惊人……”

张圆说到这里，从资料中抽出了一张化验报告。在场的人都屏住呼吸，目不转睛地看着她。

“我们将大腿骨的化验结果，跟颊骨的化验结果进行对比，发现是两种不同的DNA序列。”

“好奇怪啊！一个人身上怎么可能会有两种不同的DNA？”晓星叫了起来。

张圆继续说道：“一副骸骨里出现两种不同的DNA，按我们以往的经验，不外有三种原因。第一是尸体拼凑，有些灾难事故后掩埋的尸体，往往有这种情况出现。”

小岚插嘴说：“源允是由于房屋倒塌而被压死的，按理不会出现尸首不全的情况。”

张圆点点头，继续说：“还有一种可能是同一时间埋葬了两个人。”

小岚又说：“一般只有夫妻才会合葬，但源允妻子还在呢，所以源允没可能跟人合葬。”

张圆又说：“那就最有可能是第三种情况，就是尸骸在

某时段被污染了。源允尸骸已掩埋了很多年，极有可能在泥土中受污染。但也不排除在运送期间受污染，或者在化验期间受到污染。不过，在化验时受污染的可能性极小。”

宾罗先生的神情同他刚进门时那种兴奋喜悦截然不同，显得很焦虑。他问张圆：“请问张医生，如果同一副骸骨出现两种DNA，那会不会其中肯定有一种是正确的呢？”

张圆点点头：“不能肯定。可能两种DNA中有一种是正确的，也有可能两者都不是正确的DNA，这一切都和交叉感染有关。”

宾罗先生听到这里，呆呆地想着什么，样子十分失落。

张圆向宾罗先生说：“或者我们可以再取部分骸骨，再化验一次，虽然结果很可能一样，但我也想再尝试一次。好不好？”

宾罗先生仍在发呆。

张圆又问了一声：“宾罗先生？”

宾罗先生如梦初醒，赶紧说：“好的，好的！但时间……又要三天，我可能等不及了。”

张圆说：“如果用简单一点的化验方法，就可以一两天内有结果，如果结果相近，我们再作仔细化验。”

宾罗先生缓缓地点了点头：“好的，辛苦你了！”

小岚关切地看着宾罗先生，这位慈祥的老人，好像在这一刹那老了十岁。小岚明白老人的心境，因为按原先的期限，离乌莎努尔国庆日，只剩几天了。如果DNA化验一直没有结果，而刘鹏又未能找到源允的孩子，那乌莎努尔就无法避免一场大动乱。

宾罗先生对张圆说：“张医生，因为保密问题，很抱歉我不能把霍雷尔家族的DNA资料交给你，我带着资料跟你到鉴定中心去好了，等你那里的检验报告一出，可以及早作出有关对比。”

特首见老人一脸疲态，便说：“宾罗先生，我看您还是在礼宾府休息一下，明天一早再到鉴定中心去好了，反正结果没那么快出来。”

张圆点头说：“特首说得对，最快也要明天下午才有结果呢！”

但老人十分固执：“不，反正我今晚也睡不着，万一化验结果早出来了，可以第一时间进行对比。”

小岚见老人连说话都显得有气无力的，担心他像上次一样昏倒，便说：“伯伯，就是睡不着，您也要找个地方躺躺呀！这样吧，我和晓晴、晓星代替您去鉴定中心守着，一有消息就马上通知您。”

晓星使劲摇着宾罗先生的手，说：“伯伯，您听话！

您休息一会儿吧！”

晓晴也说：“是呀，伯伯，就让我们来替您分忧好了！我们都是很乖的孩子呀！”

几个孩子体贴的话令宾罗先生差点掉下眼泪，他点点头，说：“好吧，我就回去休息一会儿。明天一早，我会去鉴定中心找你们。”

第10章
第二次化验

张圆把孩子们安排在一间舒服的休息室里，里面有床，有电视机，还有一架子书。细心的张医生对他们说："你们累了就可以睡一下，不想睡就看电视或者看看书。要是饿了，那边墙角有冰箱，里面吃的喝的都有，你们不用客气，尽管享用。"

晓星一听就毫不客气地问："有雪糕吗？我想吃士多啤梨雪糕！"

晓晴马上教训弟弟："馋嘴鬼，不害臊！"

"没关系。"张圆笑着说，"有甜筒呢！是士多啤梨味和哈密瓜味。"

她又指着门外的走廊，说："那走廊的尽头就是我们的化验室，你们有事可以随时去那里找我。"

晓星赶紧说："明白了。阿姨放心好了，我们会乖的！"

张圆走后，晓星马上跑去拉开冰箱，拿出一个甜筒来："哟，是哈密瓜味的呢！小岚姐姐，你喜欢吃哈密瓜味的，这个给你！"

“好啊！”小岚毫不客气，接了过来。

晓星继续在冰箱里找着：“噢，找到了，正是士多啤梨味的！”

两个人坐在沙发上，津津有味地吃起来。

晓晴本来靠在窗边，装出一副对吃不感兴趣的样子，连看都不看那些甜筒一眼。可是，当见到小岚、晓星吃得起劲时，就沉不住气了。她悄悄地挨近冰箱，拉开来，飞快地从里面拿了一个甜筒。

“哦，姐姐，我看见了！”晓星大声嚷嚷着，“姐姐馋嘴鬼，不害臊！”

“再嚷！再嚷打你！”晓晴恼羞成怒地举起手，吓得晓星把脖子一缩，不敢再作声。

小岚坐在一旁，一边吃甜筒，一边狡黠地嘻嘻笑着，坐山观虎斗。

三人吃完甜筒，又一边喝饮品，一边看卡通片，过了一会儿，小岚打了个哈欠：“噢，有点困了，先小睡一会儿。”她看看桌上狼藉的甜筒包装纸和饮品瓶子，对晓星说：“你收拾一下，扔到外面走廊那个垃圾桶去。”然后和晓晴头挨头倒在床上睡了。

“哼，又要我捡垃圾！”晓星嘟着嘴，那模样就像个受气的小媳妇，他把东西扔进一个塑料袋里，提着就走出了休

息室。

一个穿白大褂的年轻工作人员正在饮水机旁斟水喝，晓星见了，走过去搭起讪来。晓星好奇地问起有关验DNA的知识，原来不光是血液、骨头等可以取组织化验，连口水、头发都可以呢！

晓星突然异想天开，他从垃圾袋里找出两个饮料瓶子，一个是小岚喝过的，一个是自己喝过的，他在小岚的瓶子上写了个A字，在自己喝过的瓶子上写了个B字，递给那工作人员，一本正经地说："差点忘了，这里还有两个人的DNA要验，你可以取出瓶子上的唾液化验。"那工作人员知道晓星是张医生带回来的委托人，以为这也是工作的一部分，便马上接过来。

晓星又说："张医生够忙了，你最好找所里的其他人化验，不要再惊动张医生。"

那年轻人点了点头，拿着瓶子进了化验室。

晓星扔了垃圾，然后跑回休息室。他坐在沙发上，想想刚才骗过了那工作人员，让他给免费验DNA，不禁捂着嘴偷笑。说不定，等下化验结果出来，自己和小岚姐姐是亲姐弟呢！晓晴姐姐老欺负自己，要是自己还有个姐姐，就和这个姐姐好，不跟她好，看她还敢不敢凶。小岚姐姐虽然也欺负自己，但她是自己偶像呢！如果发现原来自己的偶像是亲姐

姐，那就太爽了！

他不禁嘻嘻笑了起来。

有点困，晓星靠着沙发，睡着了。

不知过了多久，晓星突然闻到一股香味，他使劲抽了抽鼻子，是炸鸡腿呢！他迫不及待睁开了眼睛。原来是宾罗先生带着万卡来了，万卡正打开带来的麦当劳食品，让小岚和晓晴吃呢！

晓星赶快站起来，喊了一声：“大臣伯伯！”

话音未落，人已跑到食物前面，眼睛盯着一只炸鸡腿，然后一伸手……

“慢着！你还没刷牙！”晓晴大喊一声，把晓星吓得手停在半空。

等晓星清醒过来时，晓晴早已把那只鸡腿拿到手，塞进嘴里咬了一口。

“姐姐，你好坏！”晓星眼见到嘴的鸡腿飞到了晓晴嘴里，气得鼻孔“呼呼”出气，宾罗先生拍拍他的肩膀，说：“别急，给你留着呢！”他从万卡手里接过一个纸袋，递给晓星。

“谢谢伯伯！”晓星开心地接过纸袋，从里面取出一只鸡腿，示威似的向着晓晴，大嚼起来。他又小声地向宾罗先生说：“伯伯，告诉您一个秘密，您别告诉

别人！我拿了小岚姐姐的口水去验DNA呢，我希望她是我失散多年的姐姐，我不喜欢晓晴姐姐，她最近老欺负我！”

“哦！”宾罗先生不禁笑了起来，“好的，我给你守秘密。”

正说着，张圆带着一脸倦容进来了。

宾罗先生一见马上迎了上去：“张医生，化验有结果了吗？”

张圆点点头。

宾罗先生马上紧张起来，赶紧说：“张医生辛苦了，您坐下慢慢说。”

张圆坐了下来，她看了看宾罗先生，似乎有点欲言又止。她慢慢打开面前一份资料，然后对宾罗先生说：“很抱歉，化验结果跟上次一样，骸骨应该是在墓中被污染了，所以已无法证实身份。”

宾罗先生听了神情怅然。

小岚和晓晴都神情凝重，连晓星也放下了手里的鸡腿，没心思再吃。这时候，小岚大声说：“大家别失望，还有刘警长正追踪的那条线呢！如果找到源允的孩子，那么就可以直接验他孩子的DNA了。”

晓晴说：“是呀伯伯，说不定刘警长已经找到了呢！”

小岚看了看手表，说："咦，刘警长说过，他会在这个时间打电话给我的……"

话音未落，就听到她口袋里发出了悦耳的手机铃声。

"一定是刘警长！"小岚急忙拿出手机接电话，"喂，我是小岚！噢，果然是你，有消息吗？什么？！你不但找到人了，还拿到了DNA样本，太好了，太好了！"

小岚把手机一扔，拉住晓晴就狂跳起来。

宾罗先生眼里露出复杂的神情，他好像还不敢相信自己的耳朵："小岚，你快说，刘警长是不是真的找到源允的孩子了？"

小岚这才停下来，气喘吁吁地说："是呀！刘警长现在已经在回来途中了，如无意外，两个小时后就能将DNA样本送到这里。"

宾罗先生眼里涌出泪花："真好，真好啊！真是天助我乌莎努尔，天助我乌莎努尔……"

刘鹏果然在两个小时后到了，张医生又率众再次进行化验工作。这次，宾罗先生无论如何都不肯离开了，这是最后的希望，他说一定要在这里等候结果出来。

然而，他等到的却是彻底的失望——源允孩子的血液样本，跟他带来的霍雷尔家族DNA样本一对比，根本不吻合，他们之间毫无血缘关系！

折腾了这么多天，到头来却是白忙一场——源允根本不是被掉包的王子！

宾罗先生脸色苍白，弄得大家都为他的健康担心，劝他赶快回酒店休息。可是，宾罗先生摇摇头，有气无力地吩咐万卡："你赶快通知机场，请机师做好准备，我们一小时内会到，我们马上回国。"

小岚蹲在老人膝下，说："大臣伯伯，您先回酒店休息一会儿再说吧，您的脸色好差。"

老人摇摇头："时间不多了，我得赶回去，跟首相大人商讨对策，如何向朝中那班大臣交代，如何安抚民心，将动乱减到最低。"

小岚看到老人这样子，很难过地说："伯伯，对不起，我没能完成您交给的任务，没能帮到您……"

老人摸着小岚的头："这不能怪你，你已经尽力了。"

蔡雄平开车把宾罗先生送回酒店，宾罗先生要收拾行李，马上回国。小岚和晓晴、晓星等决定陪着伯伯，直到他登上回乌莎努尔的飞机。

晓星坐在宾罗先生身边，一副闷闷不乐的样子，说："伯伯，我跟您一样倒霉，我跟小岚姐姐的DNA化验报告出来了，相差十万八千里呢，我跟小岚姐姐根本没有血缘关

系！伯伯，我现在很不开心！”他一边说，一边从口袋里摸出他和小岚的DNA化验结果，递给宾罗先生看。

宾罗先生接过化验结果，他虽然心里很烦恼，但仍然安慰晓星说：“不要紧的，你和小岚虽然没有血缘关系，但你仍然可以把小岚当亲姐姐一样看待呢！”

晓星点点头说：“那倒也是，小岚姐姐虽然有时对我凶了点，但她真的对我很好呢！就像那一次，她为抢救我的史前鱼，把手都……”

“啊！天哪！！”宾罗先生突然大叫一声。

车里的人全都吓了一大跳，不知发生了什么事。

宾罗先生显然是受了极大的刺激，他这回不但脸色发白，连嘴唇也白得没有一点血色，晓星大叫道：“伯伯，您别昏倒，您别昏倒啊！”

但宾罗先生仍然随着晓星的叫喊，身子一歪，昏倒了。

第11章
你不是他们的亲生女儿

蔡雄平调转车头，火速驶到最近的一家医院。

宾罗先生很快醒来了，他一睁开眼睛，就四处张望，好像在紧张地找什么。见到小岚等人都围在他跟前，才吁了口气，好像放下了心头大石一样。

细心的小岚发现，宾罗先生的神情跟之前有了不同，眼睛有神采了，脸上有一种憧憬，有一种希望……究竟发生了什么事？

这时候，宾罗先生对蔡雄平说："蔡先生，请你把孩子们带到外面去，我有重大事情要跟特首商量。"

蔡雄平有点不放心宾罗先生，犹豫了一会儿，还是点点头，把小岚他们带出病房，关上了房门。

宾罗先生跟特首通话后，请了医生来，要求马上出院。医生见他态度坚决，便给他开了一些药，然后签了同意出院书。

当宾罗先生换回西服，走出病房时，见到孩子们正站在走廊的一个窗口前面，饶有兴趣地朝楼下大门口张望。

晓星见宾罗先生出来，忙拉他到窗前："伯伯，下面来了三部奔驰呢！前面还有六辆警队摩托车开路，这是国家元首出行时的阵势，可能有什么总统或国王之类的要人来这里看病呢！”

宾罗先生没吭声，只是笑笑，一手拖住晓星，一手拖住小岚：“我今天暂时不回国了，你们先回礼宾府，特首先生在那里准备了一间房间让你们休息。我要回一趟下榻的酒店办点事，办好了就去和你们会合，我有重要事情跟你们讲。”

小岚一边跟着宾罗先生走，一边奇怪地看着他，可是，任凭她怎样冰雪聪明，也猜不出伯伯在想什么。

一群人坐电梯到了楼下大门口，远远见到那个庞大的车队还在候命——六辆摩托车旁边肃立着六名全副武装的警员，随时准备出发，而三部奔驰轿车，每部前面都站立着两个穿黑色西装的彪形大汉。见到他们出来，那些人竟一起朝他们敬了个礼。

莫非这个车队是来接大臣伯伯的？但大臣伯伯的身份，应该不会有这样隆重的待遇呀！

“咦！”眼尖的晓星一眼见到了那些人中间有蓝领带和紫领带，他惊讶地叫起来，“叔叔，是你们呀！你们是来接谁的呀？”

蓝领带说：“是你们！”

紫领带说：“我们是来接你们的！”

三个孩子你看看我，我看看你，都十分愕然。连蔡雄平都一副摸不着头脑的样子。

晓星和晓晴按捺不住好奇，跑了过去，晓晴一顿足说：“要是早知道能享受这么高级的待遇，我就带上相机来照上几张相啦！”

晓星跑过去，好奇地仰着头，逐个去观察那些“西装大汉”，然后摇摇头说：“这些‘G4’没电影上那些帅！”

而小岚则走到车头，看着插在一侧的乌莎努尔国旗，若有所思。

突然，她像是明白了什么，她意味深长地看了宾罗先生一眼，然后带头上了中间那部车：“晓星，晓晴，别磨蹭了，快上车吧。”

晓星、晓晴见小岚这样说，估计她知道了什么，马上跟了上去。

车队开始前行了，六辆摩托车鸣着警笛开路，三部惹眼的奔驰紧跟其后，车队吸引了许多路人驻足观看。

晓星一上车手便这里摸摸，那里按按，晓晴就一直兴奋地朝车外看，还不断朝行人挥手，直到小岚打了她一下：“别浪费动作表情了，外面的人根本看不见你呢！”她才把视线转回车内。

车队很快就到达了礼宾府，小岚带头下了车，晓晴、晓星随后。六名警员朝小岚三人敬了个礼，然后驾着车离开了，而六名“G4”，就三名开路，三名殿后，把三个孩子送进了二楼一个有着两室两厅的大套间。蔡雄平对小岚说：“你们先在这里休息，我去了解一下情况。”

蔡雄平匆匆走了，看来连这位高官也被弄糊涂了，急着去问明情况。

蔡雄平离开后，六名“G4”也走出了房间，把门关上了。

“好啦，我们自由了！”晓星往后一倒，躺在一张舒服的大沙发上。

晓晴走去打开门，瞧了瞧，又跑回来，小声说：“不好了，他们守在门口呢！”

晓星腾地坐了起来：“咦，可能有人要追杀我们呢！”

晓晴吃惊地说：“什么？干吗追杀我们？”

晓星说：“一定是我们没能完成伯伯交给的任务，他们国家的人要惩罚我们。”

晓晴脸色发白，她用力地摇着头：“不会不会，哪有这么野蛮的！”她又赶紧去问小岚，“喂，你倒是吭吭声！真的是乌莎努尔的人要追杀我们吗？！”

“你们好白痴！”小岚原先仰躺在长沙发上，现在一骨碌坐了起来，“放心好了，他们并不是在保护被追杀者，而是在保护一个重要人物。”

“重要人物？”晓星眨巴眨巴着眼睛，“谁是重要人物？这里就我们三个呀!”

小岚说：“这个问题我等会儿再回答你，现在你俩必须先回答我一个问题，你俩的父母是否是中国人？”

晓晴抢着说：“肯定是中国人啦！前不久，爸爸妈妈还特地带我们回乡下拜祭祖先呢！爸爸还拿来一本族谱，告诉我俩他是周氏家族的第多少多少世孙。”

小岚想了想，又问：“那你们两姐弟是亲的吗？有没有谁是捡回来的？”

“小岚姐姐，你……为什么这样问？”晓星打了个哈欠，说话也有点含含糊糊的。

晓晴却眨巴着眼睛说：“小岚你倒提醒了我，我想我有可能不是爸爸妈妈生的呢！记得小时候，每当妈妈生我气时，总喜欢说，早知这样，就不捡你回家……”

晓晴正想说下去，却听到“呼呼”的鼻鼾声，一看，晓星倒在沙发上，呼呼入睡了。

“喂！”晓晴刚要叫醒晓星，小岚却拉住她说：“别叫他了，我都困了呢！这几天都没睡好觉。”

晓晴从房间里拿出一床冷气被，给弟弟盖上，随即自己也打了个响亮的哈欠，到房间睡去了。小岚也进了晓晴隔壁的房间。不一会儿，大套间里就传出了一曲三重奏——晓星是低音大提琴，小岚是中音圆号，晓晴是高音小号。

三重奏一直响了一夜，到了第二天一早，才让一阵门铃声给打断了。小岚最先爬起身，打开门，特首和宾罗先生走了进来，两人说说笑笑的，脸上都带着开心的笑容。

“伯伯！”晓星边擦眼睛边走过去拉住宾罗先生的手，“伯伯，您干吗派这么多人来保护我们，是因为我们没帮到忙，有人要追杀我们吗？”

“啊！”宾罗先生愣了愣，然后笑着说，“谁说的，我们对你们感激都来不及呢，怎么会追杀你们。”

晓晴也跑过去问：“小岚说你们在保护一个重要人物，伯伯，这里只有我们三个小孩子，哪有重要人物啊！”

特首先生把脸转向小岚，满脸惊讶：“聪明的孩子，你知道了些什么？”

小岚没作声，只是得意地笑着。

特首说：“好啦，大家都坐下，宾罗先生有重要事情宣布呢！”

屋子里的人都分别找了个位子坐下了。

宾罗先生说：“各位，本人肩负重大使命，来贵地找王

族后人，感谢特首先生的鼎力支持，感谢‘寻人密探组’的热情相助，今天，终于有了结果……”

“啊！”晓星和晓晴不禁异口同声喊了起来，“伯伯，找到霍雷尔家族后人了？”

宾罗先生点点头。

“啊！”晓星和晓晴都惊叫起来，又争着问，“是谁？是谁呀？”

“她就是……”宾罗先生说到这里，把手一抬，指向……

小岚抢在宾罗先生之前，向晓晴一指，说：“她就是晓晴！”

除了小岚之外，屋里所有人都愕然。

“啊，不，不，这怎么可能！”晓晴首先尖叫着，继而又惊喜参半地问小岚，“你说的是真的吗？”

宾罗先生也问道：“小岚，你为什么这样认为？”

小岚得意地说：“伯伯临昏倒之前，我见到晓星把两份DNA化验报告交给伯伯，显然一份是晓星的，一份是晓晴的。伯伯看完后就激动得昏倒了。之后，特首又派来车队，用欢迎贵宾的规格，接我们回来，还出动了保护要人组，所以，我断定我们三个人里面肯定有一个是伯伯要找的人。”

“哈哈哈！”宾罗先生大笑起来，“小岚，你真是个聪明的女孩！不过，你只猜对了一半。”

小岚马上接口说：“我知道了，不是晓晴，是晓星，对吧？”

宾罗先生笑得胡子直抖：“不是晓晴，也不是晓星。”

“啊！”小岚有点糊涂了，“不是晓晴，也不是晓星，那这房间里还有谁啊！”

宾罗先生用手一指小岚：“就是你！”

“我？！”小岚像弹弓一样从沙发上弹了起来，“伯伯，您别和我开这么大的玩笑！”

“我并没有开玩笑。你真的很聪明，知道我和晓星在谈DNA化验报告，知道我因那份化验单而激动昏倒，知道你们三人中有一人是我要找的人，但是你不知道，晓星拿着的其中一份化验单，不是晓晴的，而是你的，晓星一时贪玩拿了你喝过的饮料瓶子去化验……”

小岚望向晓星：“你……”

晓星吓得直往宾罗先生背后躲。

宾罗先生说：“我当时一看你那份化验单，就激动极了，因为上面所有数据跟霍雷尔家族的DNA样本化验数据十分吻合。在这莫大的惊喜刺激之下，我就昏倒了。到我醒来之后，要做的第一件事，就是保护你，还有火速致电与你正在埃及考察的父母联络。”

“这怎么可能！这怎么可能！”小岚一边听一边喃喃自语，从来都自信心十足的她，此刻显得惶恐不安。听到宾罗先生说找她的父母，又急忙问：“那他俩一定会说是您搞错了，因为我父母都是地地道道的中国人啊！”

宾罗先生说：“是呀，他们是地地道道的中国人，但你不是。”

“什么？”小岚大喊道，“伯伯，您说什么呀，为什么他们是中国人，我不是？”

宾罗先生说：“就因为你不是他们的亲生女儿！

“啊！”

“啊！”

“啊！”

以上三个“啊”是分别从小岚、晓晴、晓星嘴里发出的，宾罗先生的话把他们吓呆了，都惊叫起来。

小岚只觉得腿一软，颓然倒在沙发上。

第12章 江边的弃婴

小岚呆若木鸡地坐在沙发上，半天没出声，吓得晓晴和晓星一人抓住她一只胳膊，猛摇着。

“小岚，你别吓唬我！”

“小岚姐姐，你不要死啊!”

晓晴打了晓星一下，骂他说：“去你的，乌鸦嘴！”

晓星又改口说：“小岚姐姐，你不要昏倒啊！”

好久，小岚才吁了一口气，回过神来。她随即拉着宾罗先生的手，用力摇晃着：“我爸爸妈妈呢？他们在哪里，我要找他们问清楚。”

宾罗先生说：“我昨晚经过很多周折，才找到他们，他们正在埃及参与挖掘一个古墓。”

小岚顿脚说：“我要他们回来，马上回来！我想知道一切一切！”

宾罗先生安慰说：“你放心好了，我已派了专机去接他们，想必快到了。”

这时候，有人敲门，蓝领带探进头来，说：“特首，马仲元夫妇到了。”

特首忙说："快请！"

蓝领带把门推开，作了一个请的手势，一对中年男女走了进来。

"爸爸，妈妈！"小岚扑了上去。

赵敏慈爱地搂着女儿，拉着她的手，两人一起坐了下来，马仲元也坐到了小岚另一边。

"爸爸，妈妈，伯伯说我不是你们亲生的，究竟是怎么回事？"小岚说着，竟委屈地哭了起来。

素来刚强自信的小岚，第一次泪流满脸，她显得那样无助，她不能接受这个事实。

赵敏把小岚搂得紧紧的："好女儿，别哭别哭！我们可是一向把你当亲生女儿看待的啊！"

马仲元也掏出手帕，替女儿擦眼泪。

两夫妇对小岚的慈爱之情全写在脸上，有谁敢说他们不是一家人呢！

马仲元说："女儿，请原谅爸爸妈妈一直没有告诉你真相，让爸爸告诉你发生在十六年前的一件事吧！"

原来，十六年前，新婚的考古学家马仲元和赵敏夫妇，获邀到西安进行一项古钱币鉴定。有一天，夫妇两人一大早出门，在空气清新的江边散步。忽然，他们听到一阵婴儿的啼声，循声寻去，在路边长椅上发现一个被包得严严实实的

弃婴。

赵敏抱起婴儿，发现小包被上钉有一个信封，里面是婴儿母亲写的一封信，内容大意是说因为丈夫早死，无法养活女儿，望好心人帮助抚养……

那是个女婴，看样子才一两个月大，圆嘟嘟的脸，大眼睛，小小的嘴，非常可爱。早晨的风，把小女婴的脸蛋吹得红红的，就像个圆嘟嘟的小苹果，赵敏见了又爱又怜。马仲元夫妇因为有任务在身，便找到一位巡警，说明原因，把婴儿交到他手里。说也奇怪，当赵敏抱着女婴时，女婴一直笑眯眯的，但当交到巡警手里时，她马上哭个不停。赵敏心有不忍，连忙接回手里，女婴又马上不哭了。就这样，女婴谁抱都不行，只有赵敏抱着时，她才不哭。结果，好心肠的赵敏让马仲元一个人先去鉴定会，自己抱着小女婴，和巡警一起到了民政局，然后把小女婴交给了那里一位女工作人员。小女婴又哭得天昏地暗，赵敏因为有工作在身，狠下心离开了。但是，一整天，赵敏的耳朵里仿佛都响着小女婴的哭声，到了鉴定会结束，赵敏就慌忙拉着丈夫，拦了辆计程车，直奔民政局。在民政局门口，就听到楼上传来小女婴的哭声，两夫妇忙跑了进去，几位工作人员围着小女婴，手忙脚乱，见到赵敏，像见了救星似的，忙把女婴塞到赵敏手里。哈，小女婴好像认得人，她用亮晶晶的眼睛盯着赵敏，

不哭了，接着，又笑了。

赵敏欣喜地抱着小女婴，对丈夫说："这孩子跟我们有缘，我看，干脆领养了她吧！"

马仲元说："我正有此意呢！就马上办手续吧。"

就这样，两夫妇把小女婴带回了香港。

为了一心一意照顾小女婴，两夫妇没有生育自己的孩子。

这小女婴，就是后来大名鼎鼎的侦探小说作家马小岚。

当听完这段尘封的往事之后，全场静默了几分钟，人们都被感动了。小岚闭着眼睛，把脑袋埋在妈妈怀里，震惊、惶惑、感激……活了十六年，没想到自己曾经是一名弃婴，没想到养育自己培育自己长大的双亲，竟然是没有一点血缘关系的父母！

一定是在做梦，一定是！她狠狠地掐了自己一下，但随即痛得咧了咧嘴，差点叫嚷起来。她又逐个审视着房间里的人，爸爸妈妈、晓星、晓晴、特首、大臣伯伯，一个个都是那样真实。唉，看来这事是真的！

什么公主、国王，天哪天哪，倒宁愿是爸爸妈妈的亲生女儿马小岚！

"伯伯，这事不能确定！"小岚坐了起来，对宾罗先生

说，“伯伯，除了DNA数据之外，您并没有其他证据说明我是霍雷尔家族的后人，因为那封信里面也没有提到我的身份，或者化验会有差错也说不定呢！”

宾罗先生说：“不，昨晚我还做了一件事，就是致电源允的太太。从她那里，证实了你才是源允的孩子，而不是给我们提供DNA样本的那个男孩。”

小岚大吃一惊：“什么？我是源允的孩子！”

“是的。当年源允去世后，你母亲带着你去西安，投奔她在那里做生意的旧男友，男友愿意和她再续前缘，但是唯一的条件是送走你。你母亲无奈之下，只好把你遗弃在江边。她清楚记得时间和地点，甚至还……能背出那封信的内容，所以可以肯定她就是当年把你遗弃在江边的那个人。”

晓星问道：“那……那早前为我们提供DNA样本的孩子又是谁？”

宾罗先生说：“那是她和后来的丈夫生的孩子。她想到自己的前夫可能是个名门望族，出于贪念想拿点好处，就想用这个孩子去冒充，殊不知这DNA是做不得假的。”

小岚生气地说：“没想到我的亲生母亲是这样的人，先是把我遗弃江边，不管我死活，之后又萌生贪念，用另一个孩子去冒充我！”

宾罗先生说：“小岚小姐，事到如今，事情已经很清楚

了，源允的确是五十年前被掉包的王子，而你就是源允留下的唯一骨肉，所以，我现在要正式为你正名，称你为小岚公主了!”

晓晴拉住小岚的手羡慕地说：“小岚公主！小岚，你好幸运啊！如果我有你这么幸运就好了！”

晓星也说：“好奇怪的感觉啊，小岚姐姐怎么就成了公主呢！”小岚却双眉紧锁。她想了想，郑重地向宾罗先生说：“您可以给点时间让我考虑一下吗？我真的一点思想准备都没有呢！”

宾罗先生说：“公主殿下，您没有考虑余地了！现在乌莎努尔面临两种局面，一是您回去继承王位，保持国家的安定繁荣；二是任由国内各派势力展开王位争夺战，导致政局动乱，国家和人民从此永无宁日。老臣恳请公主以大局为重！”

小岚愁眉苦脸地说：“虽然我当过学生会主席，但当国王可跟当学生会主席不同啊，要管理整个国家的政治经济，好烦呢！”

宾罗先生说：“公主殿下请放心，有莱尔首相和我辅助您，有整个国会支持您，您一定能挑起重任的。”

小岚无精打采地说：“那好，我就试试看吧，不过我得首先声明，要是事实证明我做不好国王这份工，我就马上回

中国香港，仍然当我的侦探小说作家。”

“谢谢公主应允！”宾罗先生十分高兴，他又说，“小岚公主，为安全起见，你暂时不可以回家，我已经为你在香岛酒店订了总统套房，你马上可以入住了。”他又对特首说：“至于保安问题，就麻烦特首先生了。”

特首点点头说：“没问题，我会让刚才的那组‘G4’，继续为小岚小姐进行二十四小时保护。”

小岚说：“我有一个条件。”

宾罗先生说：“小岚公主，有什么事情，请尽管吩咐。”

小岚说：“我想让爸爸妈妈，还有晓晴、晓星一块儿去那里住。”

宾罗先生说：“可以啊，一切听从公主安排！”

赵敏看了看马仲元，满含歉意地对小岚说：“小岚，对不起，古墓的挖掘工作正在紧张阶段，我们现在马上要坐飞机回埃及了。真的很对不起！等那边的工作告一段落，我们马上飞回来陪你。”

小岚嘴巴撅得可以挂个瓶子，但她也知道爸爸妈妈的工作性质，只好无奈地点点头。

第13章
总统套房真好玩

兵分三路。宾罗先生带着万卡匆匆回国了，他要马上回国召开国会会议，公开老国王去世的消息和寻找他乡的公主的经过，为小岚回国做好准备；马仲元夫妇去机场了，那里有架专用飞机，正等着把他们送回埃及；而一队车则把小岚和晓星、晓晴三人送到了香岛酒店。

香岛酒店位于九龙的中心地带，虽然楼高只有十多层，但它古雅的外形，令它像鹤立鸡群一样，在那一带的建筑中备受瞩目，而它对客人最优良的服务，又令它名声远播，所以许多富豪贵胄，都喜欢来这里住宿。

像往常一样，住总统套房的客人，都会受到特别隆重的接待，所以车子一停下，酒店的总经理便率领一群打扮整齐、训练有素的员工，列队欢迎。

当车门打开之后，小岚等人从车上下来，见惯各种场面、在商场上长袖善舞的总经理却犹豫了，因为他不知道这一行人里面，究竟谁才是主角。六名“G4”都是一样的服

饰，不知谁为首，而那三个衣着随便，穿着牛仔裤凉鞋的少年男女，又不像是要住总统套房的要人。总经理尴尬地干笑了两声，只好朝所有人都一一鞠躬，然后引着他们去乘搭专用电梯上楼。

照例是三位“G4”在前面开路，小岚三人在中间，而后又三位“G4”殿后。六名“G4”板着脸不发一言，而三个孩子又只顾东张西望，一向善于察言观色的总经理也没法弄清头绪，只好继续“嘿嘿”地干笑着，恭恭敬敬地把他们一直带进位于最高层的总统套房。

总经理向所有人鞠了个躬，说：“各位尊敬的客人，请随便休息。有需要请按铃，我们的员工随时准备为各位服务。”说完就恭恭敬敬地退出去了。

总经理走后，紫领带向小岚行了个礼，说：“公主殿下，请放心休息。这一层已全部清场，除了你们三位，没有外人会进来，我们在门外随时候命，你们有需要就按铃叫我们。”

六名“G4”离开后，小岚松了口气，坐到沙发上。这张沙发挺特别的，大得像一张单人床，座位很柔软舒服。小岚不断变换位置，让自己坐得更舒服一点，到选择好最佳位置之后，左右一看，不见了晓晴和晓星：“这两个家伙，上哪

儿去了？”

这时候，晓星在里面大叫着：“小岚姐姐，快来看，这个浴室好好玩呢！”

小岚顺着声音寻去，房间太多了，费了不少周折才找到了浴室。哇，足有90平方米，三面墙壁都画着典雅的欧陆风情画，还有一面全是落地玻璃。晓星正趴在那个椭圆形的、大得可以游泳的浴缸边上，好奇地看着那涌出来的水。见到小岚，他大叫道：“小岚姐姐，你看这浴缸，有按摩的装置呢，真好玩！”

这时晓晴也找来了，她倒是对那面落地玻璃很感兴趣：“噢，好刺激，可以一面洗澡一面欣赏对面的山景呢！不过，要是碰上那些有心找新闻的狗仔队，用远距离镜头偷拍，不是什么都给拍去了吗？不，我才不敢在这里洗澡呢！”

晓星回过头来：“姐姐，你真笨，你不知道世界上是有一种玻璃，可以从里面看到外面，但不可以从外面看到里面的吗？”

晓晴语塞了，但她仍不服气地朝弟弟撇撇嘴，又说：“小岚，这里有什么好看的，我带你去化妆间，那里才有看头呢！啧啧，什么化妆品都有，还全是最名贵的，以后我们每天都可以化个靓妆！”

小岚说：“我可没有你们那么八卦，我现在最想做的事情是填饱肚子，都快两点了，我们连早餐都还没吃呢！”

小岚这一说，倒提醒了大家，大家立时觉得肚子也“咕咕”叫起来。

晓星马上关了水龙头，雀跃地说：“好啊好啊，我们马上去餐厅吃饭。”

晓星听到“吃”这个字就来劲，他带头跑出了浴室，又三拐两拐，跑到了门口。

晓星一拉开门，门口站着蓝领带和紫领带。

晓星大声说：“我们要去吃饭。”

蓝领带说：“对不起，你们不可以离开房间。”

紫领带说：“很抱歉，你们可以叫人送餐来。”

晓星眼珠一转：“送餐？送餐就送餐呗！”

“送餐也不错啊。”晓晴点点头，“就像电影里看过的那样，侍者推着餐车，把吃的喝的推进房间里来，够派头！”

蓝领带看了小岚一眼，小岚点了点头。紫领带招了招手，立即走来一位穿着白裙子、戴着镶蕾丝花边围裙的女侍应。

“请问各位有什么吩咐？”女侍应彬彬有礼地问。

晓星抢着说：“我们要叫餐。”

女侍应马上拿出一个电子记事本，问：“请问各位想吃什么？”

晓星、晓晴互相望了一眼，一齐说：“不贵的不吃！”

侍应有点莫名其妙，说：“什么？”

晓晴说：“你把餐厅里最出名的、最受欢迎的、最贵的东西，都给我们拿来！”

“都拿来？”女侍者惊讶地说，“这里出名的菜式很多，你们就三个人，吃不完的。”

小岚对女侍者说：“你别听他们瞎说，就要三个‘极品套餐’好啦！要快！”

“哎，好的！”女侍者点点头，转身走了。

“小岚姐姐，你好扫兴！我们本来可以趁机吃好东西嘛！套餐，太普通啦！”晓星埋怨说。

“你就知道吃！”小岚说，“你让他们弄得那么复杂，等他们弄好送上来，我们都饿死啦！其实这‘极品套餐’挺不错的，我刚才在酒店大堂见到海报，说是由得过厨艺大奖的法国名厨主理的呢！”

晓星这才又高兴起来：“这还差不多！”

十几分钟后，送餐的就来了，分量还很多呢，一个餐就

摆满一部餐车。三个人把餐车推到那个可以观赏海景的大阳台上，开开心心地大嚼起来。

那法国名厨果然名不虚传，三个人吃着许多都叫不出名堂来的食品，赞不绝口。晓晴一边吃着一边说："唉，做公主真好，连吃个套餐都不同凡响！小岚，听说乌莎努尔是石油输出国，很有钱的，以后，你是世界上最富有的公主了！"

晓星一听也兴奋地说："哇，小岚姐姐，原来你这么有钱！你以后可以给我盖一个迪士尼乐园吗？我最喜欢去迪士尼乐园玩了！"

"玩你个头！"小岚用手朝晓星头上一敲，"你的要求可真多啊，贪心鬼！"

晓星嘻嘻地笑着："我又不是一个人玩，我会让你和晓晴姐姐一块儿玩的嘛！"

吃完饭后，叫侍应把餐具撤走了，晓星见到阳台上有几张吊椅，欢呼了一声，爬上了其中一张，开心地摇起来。

小岚和晓晴分别坐上了另两张吊椅，三个人一边悠闲地晃着，一边欣赏着美丽的维多利亚港风景。

晓星晃荡了一会儿，突然"啊"了一声，把小岚和晓晴吓了一跳。

小岚不满地瞪了他一眼："干吗啦？"

晓星说："我突然想到，我们是不是进入了小岚姐姐的故事里面去了。因为这几天发生了太多事情，突然接到寻找国王的任务，又突然小岚姐姐成了公主，我们又住进了这豪华的总统套房……这一切一切，太像小说里的事了。"

晓晴白了他一眼："进入故事！你以为是倪匡的科幻小说吗？"

晓星又说："要不，我们是在做梦，做了一个有关公主的梦……"

晓晴二话不说，伸手掐了晓星的手臂一下，痛得他"噢"地大叫起来。

"姐姐，你疯了！掐得我好痛！"

"知道痛，就不是梦了！"晓晴得意地笑着。

"你们别闹好不好，人家都烦死啦！"小岚喊了起来，"我觉得现在像坐牢一样，一点都不好玩！"

第14章 我们要上街

“我要上街！”小岚扯着嗓子嚷。

“是呀，我们要上街！”晓星高举拳头，高喊着。

“上街上街上街！”晓晴也大声叫着。

请读者注意，以上镜头绝对与游行无关，三个孩子嘴里的“上街”，是指这个词的原意——到街上去。几天过去了，吃也吃够了，玩也玩够了，连贪吃的晓星、爱漂亮的晓晴，也开始觉得那十万港元一晚的总统套房变得越来越闷了，所以，他们开始提出抗议，要求到街上去逛逛。

可是，“G4”们铁面无私，谁也不许踏出房间半步。眼看抗议行动要升级了，“铃——”，有人按门铃。

“改变主意，让我们出去啦？”小岚赶紧从沙发上跳下来，跑向门口。

门一开，吓了她一跳，一个身穿白色西装、身材高大的男孩子正堵在门口，他正是前几天跟宾罗先生回了乌莎努尔的万卡。而在他左右，各站立着三名同样身材，也穿白色西装的年轻人。

小岚正在发怔，万卡闪到一边，站在他身后的一个人微笑着朝小岚鞠了一躬，噢，是宾罗先生！

宾罗先生恭恭敬敬地叫道："公主殿下！"

小岚开心地喊起来："伯伯，您回来啦！"

"公主殿下，恭喜您！事情很顺利，国会经过了一天一夜的讨论，尽管还有一部分人提出质疑，但最后还是以大比数通过，接纳了您的公主身份。"

"这真是个坏消息。"小岚嘀咕说。

"什么？"宾罗先生问道。

小岚赶紧说："没什么，我说的确可喜。"

宾罗先生兴奋地说："是呀，我也没想到可以这么顺利。现在，全国上下正在开始准备，准备一个星期后恭迎公主回国。"

"这么快！"小岚露出怅然的神情。

宾罗先生一脸喜色："不快了，大家都盼着早日见到公主的风采呢！"

小岚苦着脸。

宾罗先生又说："这一星期里，公主也会很忙的，要学习各种宫中礼仪，要找人给你进行形象设计……"

"烦死我了！"小岚不由得抱着头。

"公主想上街的话，没问题。我已从国内带来了由万卡

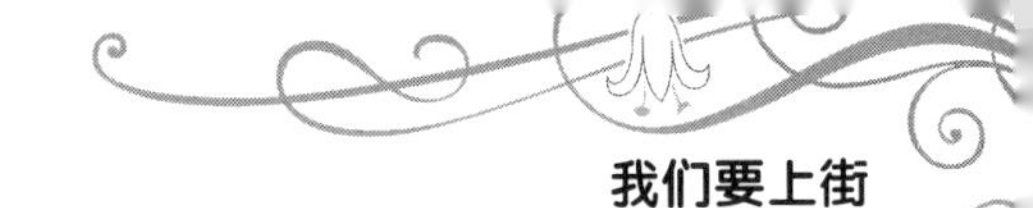

率领的六人宫廷卫队，专门保护您。”宾罗先生满意地朝卫队看看，说，“这是从宫廷卫队中精挑细选出来的，个个身手不凡，而且都会说广东话。”

“我的妈呀！我以后出去这些大叔都要跟在后面？免了吧！”小岚龇牙咧嘴的，好像要她啃一块难啃的猪骨头。

“什么‘大叔’，他们应该比我们大不了多少呢！”晓晴拉拉小岚的衣角，喜滋滋地说，“也不错啊，你看，个个都是帅哥！”

晓星也猛点头：“不坏不坏！有这么多叔叔跟着，以后跟你们上街购物，就不用我拿东西了。”

晓晴兴致勃勃地问：“伯伯，那我们是不是可以马上上街去？”

宾罗先生点点头：“是的，你们喜欢上哪儿都行。”

“太好了！”晓晴和晓星同时欢呼起来，小岚反而一副提不起劲头的样子。

晓晴想了想，又问：“那么……伯伯，我们是不是可以随便买东西？喜欢买什么就买什么？”

“只要公主喜欢就行。”宾罗先生从口袋里掏出一张信用卡，“这是国际银行联会发出的世界通行的白金卡，一卡在手，世界上任何一家银行、任何一间店铺都会为您服务，

而且无使用上限的限额。”

晓晴拿过宾罗先生手里的白金卡，细细地端详着，眼里发出惊喜的光芒，她又问道：“伯伯，我们真的可以想买什么就买什么吗？要是比较……比较贵的东西呢？”她想起了中环那些专门接待有钱人的高级时装店，多少次她在门口眼馋地看着，但始终不敢进去。

宾罗先生笑着说：“乌莎努尔是世界上最富有的国家之一，公主要买一座城市都可以呢！”

“啊！”晓晴举着白金卡一跳一跳的，“小岚小岚，这下好了，我们可以疯狂大购物了！我们马上去中环扫货，顺便灭灭那些白鸽眼店员的威风！”

谁知小岚只是抬了抬眼皮，仍是一副提不起劲头的样子。

晓晴搂着好朋友：“小岚，开心点嘛，别那么扫兴啦！可以随心所欲花钱，多带劲！”

“哼！”小岚闷哼了一声，“有什么好高兴的，我可没什么好买的，我又不喜欢扮靓，T恤牛仔裤就可以走天下……”

晓晴继续使她的软功：“小岚，去啦，你不买可以陪我买嘛！”

这时候晓星也凑上来了：“小岚姐姐，我们不去时装店，那东西有什么好。”

小岚点点头：“这世界唯有晓星知我心。”

晓星又笑嘻嘻地说：“小岚姐姐，我带你去模型店、玩具店。最近新出了一款特好玩的Wii游戏机，我带你去买。”

“狐狸尾巴露出来啦！”小岚用力打了晓星一下，“买你个头，我没兴趣！”

晓星眼珠一转，说：“小岚姐姐，要不我们去海洋公园玩游戏，那里新设了一个游戏叫‘恐龙洞怪兽大混战’，打死五十只怪兽，就可赢取大奖呢!”

小岚想了想，说：“那还差不多！”她哪儿知道，这下正中了小灵精晓星的圈套了，晓星早就在网上查到，那个大奖奖品，就是他最想要的Wii游戏机呢！

晓星欢呼着：“噢，去打怪兽啰，去打怪兽啰！”

晓晴还不肯放弃，说：“打完怪兽就去中环名店看衣服！”

小岚说：“再说吧！”

宾罗先生看了看手表说：“公主殿下，您有两个钟头时间，两小时后，会有一名形象设计师到这里来。”

小岚不情愿地说：“好……吧！”

晓晴也说：“两小时哪里够！中环名店也起码得待两小时啦！”

宾罗先生对万卡说：“记住，要在十一点前送公主回来。”

万卡说："是，大臣先生！"

当三个孩子和七名西装保镖出现在海洋公园时，马上引起一场轰动。穿白西装的帅哥，本来就很惹眼，还是七个！一样的高身材，一样的英俊，一样的阳光气息，引得大群游客跟随着，评头品足。

晓星拉着小岚径直来到游戏中心。

"恐龙洞怪兽大混战"的游戏摊位上，就摆着那个让晓星心仪的Wii游戏机，还有其他小奖品。晓星两眼放光，他马上拿着小岚的信用卡，去买了一百块钱的游戏代币。

把代币放一个进去，几个怪兽马上龇牙咧嘴地向他们做鬼脸，晓星拿起枪就打，可是一轮扫射过去，却是枪枪落空，那几个怪兽仍然对着他们嬉皮笑脸的。

小岚一把将玩具枪抢了过去："没用鬼，看我的！"

小岚比晓星有经验，她瞄准了再射，随着"哇"一声怪叫，一个怪兽倒下了。

"好啊！"三个孩子高兴得又跳又叫。

"看我再显身手！"小岚又再瞄准。可是，这次却没那么幸运了，一连十几枪，都没能打中那些怪兽。听着那些怪兽发出"嘻嘻"的嘲笑声，小岚沉不住气了，她拿枪一轮乱射，把一百块钱的代币，全部用光了，但数数只是打掉了六

个怪兽，离拿大奖还差很远呢！

晓星不甘心地瞅着那个Wii游戏机，他的目光落到那七名保镖身上，突然灵机一动：伯伯不是说他们是皇家卫队里的精英吗？那他们一定都是神枪手了，神枪手，哈哈……他悄悄地跟小岚说了几句。

小岚点点头，转头对一直站在旁边的万卡说："我累了，替我打几枪。"

"是，公主殿下！"万卡接过枪，没什么瞄准，就"砰砰砰砰"一连打了十几枪，枪枪不落空，十几个怪兽应声倒下。

"好啊！"三个孩子兴奋地拍起掌来。

小岚看得高兴，她大力一拍万卡的肩膀，大声说："不错不错！晓星，再买一些代币来。"

晓星正中下怀，他飞也似的跑去买来了代币，万卡又拿起枪，一枪一个，令围观的人看得目瞪口呆。

晓星开始数战果。

"一五，一十，十五，二十……啊，足足打死了七十多个怪兽呢！可以换领一个Wii游戏机和一个小毛毛乌龟了。"

晓星兴高采烈地拿着奖券，换来了那个心爱的Wii游戏机，又用剩下的奖券换了一只小乌龟。他喜滋滋地把Wii游戏机揽在怀里，又把小乌龟交给小岚："小岚姐姐，这个给你。"

小岚眯着眼睛不怀好意地看着晓星，心想这小子叫我来这里打怪兽，原来是醉翁之意不在酒，有心整他一下，便一把抢过Wii游戏机，说：“这个我要了，小乌龟给你！”

晓星拿着那只巴掌大小的小乌龟，撅着嘴说：“小岚姐姐，我想要那个……”

小岚装作没听见，昂首挺胸地带头走出了游戏中心。

“小岚姐姐，最多我乖点啦，把Wii游戏机给我好吗？”晓星可怜巴巴地跟在小岚后面。

小岚说：“好吧，如果从现在起到回到酒店，你的表现都令我满意的话，我就给你。”

晓星猛点头：“一定一定，我一定乖！”

离返回酒店的时间还有半小时，晓晴一上车，就忙对司机说：“去中环！”

司机转头看看小岚，小岚点点头，司机于是发动车子，直奔中环而去。晓晴搂住小岚的脖子，“叭”地亲了一下：“小岚，我爱死你了！”

小岚一缩脖子：“喂喂，少来这一套！”

晓星马上附和说：“是嘛，姐姐你少来这一套！”

晓晴看着晓星怪笑着：“晓星表现不错哦！”

轿车很快到了中环一间名店，那是一般市民平时绝对不会去光顾的、价钱吓死人的店铺。这回轮到晓晴两眼放光了，她试试这件，想要，试试那件，又想要，结果买了七八套衣裙；晓星向来不重视衣着，只是不买白不买，于是挑了些最贵的球鞋；而小岚仍是她惯常做法，选了一条穿起来舒服的牛仔裤。

保镖们帮他们把东西提上车，车子风驰雷掣般驶回香岛酒店。

车子回到酒店门口时，小岚看见晓星两眼死盯住她手上那个Wii游戏机，不禁哈哈一笑，她一扬手，把游戏机扔给了晓星，令晓星开心得要死。

第15章
公主的风采

宾罗先生和一位二十来岁的女子已在等候。那女子样貌端庄，穿着打扮、举手投足都流露出一种优雅的气质。

宾罗先生给小岚介绍，这是乌莎努尔的宫廷内务女官玛亚。玛亚微微屈膝，给小岚行了一个优雅的宫廷礼。小岚不知如何回应，慌忙中说了一声："别客气！"

玛亚柔声说："请公主殿下进化妆间去，我给公主试妆。"

晓星和晓晴想跟进去，却被玛亚拦住了。

小岚被安置在一块很大的镜子前，玛亚站在她身后，从镜子里仔细地审视她的脸孔。这让小岚很不自在，她平时就很少照镜子，何况现在还让人定睛地瞧着。

"公主殿下，您其实很美。"玛亚用她的专业眼光审视了一会儿，说。

"哪里！"小岚脸红了。

玛亚笑着说："真的，我不会因为您是公主就说好话。

只要稍加打扮，您可以迷死很多男孩子呢！”

小岚向来大大咧咧的，性格像个男孩，此刻真不知如何应对，她只好尴尬地笑笑。

玛亚猜透了她的心事，就说：“您先闭上眼睛小睡一下，我给您试妆，试好了再叫醒您。”

小岚刚才玩了几个钟头，的确也有点累了，“嗯”了一声，就合上了眼睛。

那张靠背椅很舒服，小岚还真的睡着了，直到有人轻轻拍她肩膀，她才醒过来。

她迷迷糊糊的，眼睛有点睁不开。耳边听到玛亚的声音：“公主，您满意这个妆吗？”

小岚定了定神，努力张开眼睛，望向镜子。

“啊！”她轻轻叫了一声。

镜子里真的是马小岚吗？

那一头长发被梳向了后面，一张青春的脸完全暴露无遗。略施脂粉的脸上，是一双化了淡妆显得更加顾盼有神的大眼睛，施了淡红唇彩的嘴，使她更添少女的美态，而那一头美丽的黑发上顶着的那个熠熠生辉的钻石头冠，令她更添高贵。

完全是童话故事里的美丽小公主模样。

玛亚站在小岚后面，温柔地笑着：“公主一定认不出自己了吧，您本来就是个美人胚子。”

小岚好一会儿才回过神来，她不好意思地笑笑："谢谢玛亚，是你的巧手改变了我。"

玛亚说："公主言重了。公主，请试试我从国内带来的衣服，我不知道您高矮胖瘦，所以不同尺码的衣服都带来了一些，我想，这件中码的应该适合您穿。"

玛亚拿出一件钉着碎钻石的淡绿色的连衣裙。

小岚有点犹豫，太豪华了。

玛亚看穿了她在想什么，笑着说："您是公主，将来还要做一国之君，华衣美服免不了，您得习惯一下。"

小岚听了，接过衣服。

"要我帮您穿上吗？"

小岚说："不，我自己来吧！"

小岚拿着衣服转入了屏风后面。

穿这种衣服的确需要别人帮忙，小岚费了很大劲才穿上了，但仍然无法拉上背后的拉链，只好请玛亚帮忙。

穿好了。

小岚和玛亚一齐望向镜子，玛亚又一次发出了赞叹。小岚站在镜子前面待了半天，心想，天哪，原来自己可以这样美！

玛亚细心地替小岚整理好领子、袖子、裙裾，然后说："公主，您可以出去见宾罗大臣了。"

玛亚打开化妆间的门，走了出去，万卡和六个保镖仍笔挺地

站着，而坐着的宾罗先生和晓晴、晓星见了，都站了起来。

玛亚说：“有请公主殿下。”

小岚慢慢走了出来，第一次以这样的面貌出现在伯伯和朋友面前，小岚脸上不禁浮起了一片红云，这令她显得更娇媚、更美丽了。

小岚本质硬朗，如今硬朗中又带着美丽娇媚，这令她的外形更贴近一位既高贵又自信的公主。

屋里一片寂静。

宾罗先生脸上满是惊喜，晓晴和晓星则讶异得张大嘴巴；连万卡和六个保镖，也都一反平日的木无表情，眼睁睁地盯着小岚看。

晓星一声叫喊打破了沉寂：“天哪，小岚姐姐，原来你是这样漂亮的！”

晓晴跑近，叫道：“小岚，我越来越妒忌你了！”

“公主真不愧是霍雷尔家族的后裔，果然一副王者气派！”宾罗先生大声叹道。

玛亚笑着说：“小岚公主风采非凡，真是我国人民之福，我稍后会教她一些宫廷礼仪，相信乌莎努尔每一位臣民，都会在公主面前折服的。”

这时候晓晴突然想起了什么，说：“小岚，忘了跟你说，学校明天要开学了，我和晓星今晚得回家睡了，准备明

天开学要用的东西。”

“啊！”小岚听了若有所失。一向不喜欢上学读书的她，突然觉得学生生活是那么值得留恋。

晓星说：“小岚姐姐，你别不开心，明天放学，我们马上来看你。”

小岚点点头，她跟宾罗先生说：“伯伯，您可以派车送晓晴他们回家吗？”

宾罗先生说：“当然可以。万卡，你去吩咐一下，让奔驰一号的司机送这两个孩子回去。”

万卡说：“是！”

晓晴和晓星走了，小岚看着他们的背影，不禁鼻子酸酸的。

小岚低头想了想，对宾罗先生说：“伯伯，我有一个要求。”

宾罗先生忙说：“公主请吩咐。”

小岚说：“明天是我们学校开学的日子，我想回去再上一天课。”

“这个……”宾罗先生摇头说，“学校里人太复杂，我怕不安全。”

小岚说：“不要紧的，我们学校的同学都很好，不会出问题的。”

宾罗先生说：“我不是怕你的同学，而是怕藏在暗处

的人。”

小岚惊讶地扬起了眉毛：“藏在暗处的人？”

宾罗先生点头，说：“是的。有些事情你也要知道了，其实，前国王灭门惨案，还是一个谜；多年前的王子掉包，以及源允的去世，是否人为的，也不知道。也许是我多虑吧，我总觉得有一只黑手，在操控这一切，我们不知道他是谁？他的目的是什么？而我现在最担心的，是你的安全，我一定要把你平平安安地送回乌莎努尔。”

小岚拉着宾罗先生的手，感激地说：“伯伯，我知道您关心我，但是，我们是在一向治安良好的中国香港，即使有坏人，他也不敢来冒这个险。您放心好了，我会一点中国功夫，坏人想算计我，也不是容易的事。”

宾罗先生还是摇头：“不行，中国香港的传媒太厉害，他们要是知道了您是乌莎努尔公国的公主，那您也挺麻烦的。”

小岚说：“不会的，您的保密工作做得这么好，没人知道的。”

宾罗先生见小岚态度坚决，只好答应：“好吧，但是您只能回去半天，上午放学后，您就得马上回酒店。”

小岚高兴得大叫起来：“太好了，谢谢伯伯！”

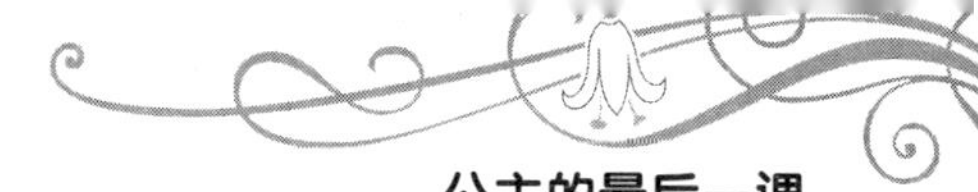

第16章 公主的最后一课

这天，小岚天没亮就醒了，她惦挂着要上学的事。要是在往常，她可是闹钟响了半天都不想起来的人。

人的思想感情也真是奇怪，将要失去的东西，才特别觉得珍贵。想到离开学校，离开那些天天在一起上课、打闹、玩耍的同学，小岚心里就有一种惘然若失的感觉。

虽然伯伯说过，将来到了乌莎努尔，会请世界上最好的老师教她各种知识，直到她具备相当于博士的学历水平，可是，深宫内阁，一个人对着那些专家学者，哪比得上和同学一块儿上学读书开心呀！

就这样胡思乱想了好长时间，再看看墙上那个古老大钟已经指向七点半，该起床了。

出了卧室，见玛亚已经穿戴整齐在门口等候吩咐，小岚说了声："请给我准备早餐！"就开始穿衣梳洗。小岚做事向来利索，从起床到吃完早餐，前后不到十五分钟，要是换了晓晴，一个小时也不够呢！

这时，万卡走进来，鞠了个躬说："车子已经准备好了，请公主起行。"

"嗯！"小岚一身T恤牛仔裤，清清爽爽地出了门。

楼下停了两部奔驰，前面一部坐了四名保镖，小岚坐后面一部，跟她同车的除了司机外，还有万卡和另两名保镖。

车子行进途中，万卡转过身，对小岚说："公主，等一下车子会在学校前面一个拐弯处停下，您自行去学校上课，我们会一直在停车处等您放学。"

小岚说："好的！"

因为是早上上班上学高峰时间，路上车子特别多，幸好司机驾驶技术了得，车子穿穿插插，到学校时，还有十几分钟才到上课时间。小岚下了车，把书包往背上一甩，就往学校门口跑。她还要和晓晴会合呢，晓晴替她到家里拿了暑期作业，等在门口交给她。

门口好像有很多人，不过这也是智善中学的惯常现象，学生回到学校往往都不急着上教室，而是在门口那片草坪上聊天、吃早餐，直到上课铃打响，才一窝蜂似的争先恐后拥进去。

小岚急匆匆地走着，她突然发觉有点异样，第六感告诉她，无数双眼睛在向她行注目礼。还没来得及考虑什么，她突然听到一片"咔嚓咔嚓"的声音，令人炫目的相机闪光灯令小岚睁不开眼睛。糟了，是记者！

还没等小岚作出任何反应，十几个记者已经围了上来，

一个个录音笔毫不客气地伸向她嘴边。

“小岚小姐，听说你是乌莎努尔流落他乡的公主……”

“乌莎努尔公国是世界上最富有的国家之一，请问你算不算世界上最有钱的公主？”

“小岚小姐，你对即将登上王位，有何感想？”

各式各样的问题排山倒海向小岚袭来。小岚虽然也堪称女中豪杰，见惯各种大场面，但事出突然，她也感到手足无措。

眼睛一直追随着小岚的万卡见状大惊，生怕混乱对小岚造成危险，他马上冲出轿车，其他六名保镖也跟在他后面，七个人像箭似的跑到小岚身边。

“让开！让开！”七个强壮的年轻人，一出手就差点把那帮记者弄个人仰马翻，他们迅速地把小岚与记者隔离开来。

小岚赶紧跑进学校。

“小岚！小岚！”“小岚姐姐！”晓晴和晓星在后面追上来。

“你们刚才上哪儿去了，见死不救！”小岚边接过晓晴递给她的作业本，边埋怨说。

晓星委屈地说：“小岚姐姐太冤枉人了，我刚才也很想帮你呢，可惜没办法挤进去。”

小岚又生气地说："这些记者可真厉害，不知从哪里收到风声！"

"这个嘛……"晓星欲言又止，只是偷偷瞄了晓晴一眼。

小岚早已捉到了他这个眼神，她一转身，生气地指着晓晴："是你？！"

"不……是……"晓晴吞吞吐吐地说。

"哦，果然是你！"小岚更加证实了自己的判断，她圆睁双眼，狠狠地瞪着晓晴，"你不守承诺，你不够朋友！"

晓晴自知理亏，只是红着脸低下头。

晓星嘀咕道："是嘛，我刚才都提醒你别泄露小岚姐姐的事了，你又不听！"

晓晴硬撑着说："我都不想讲的呀！是阿琪她们逼我的。她们问我今天怎么破天荒不跟你一块儿上学，我支吾了一下，她们就说我不够朋友，以后不再告诉我秘密，没办法，我就……"

小岚说："那你怎么连记者也招来了！"

晓晴大叫冤枉："那可不关我的事！我可没通知报馆，不知道他们是怎么冒出来的。"

小岚说："不管怎样，都是你的错！"

晓晴正想说什么，走廊那头走来了张校长，她说："你们三个来一下！"

小岚狠狠地瞪了晓晴一眼，说：“看，要挨老祖母骂了！”

智善中学的学生都把张校长叫做老祖母。

三人走进校长室，还没站定，张校长就严厉地说：“你们究竟搞什么鬼？！什么公主，什么国王，现在叫你们编故事吗？还招来了那么一大帮记者，影响了学校秩序……”

晓晴说：“校长，我们可不是编故事呀！小岚真是……”

小岚打断了晓晴的话，说：“对不起校长，我们不该开这样的玩笑。”

张校长看了看小岚，说：“马小岚同学这次不错，有错肯认。不过，该罚的还是要罚，你们三个站在校长室门口，没有我的命令，不许离开。”

“校长，小岚真是……唔唔唔……”

没等晓晴说出“公主”两个字，小岚就一手捂住了她的嘴巴。

上课铃了，所有同学都回到了教室，今天是暑假后上学的第一天，两个月没见，同学间想说的话特别多，每一个教室都热热闹闹的，充满欢笑声。

校长室门口，却充满火药味。

“都是你！”小岚朝晓晴瞪眼。

校长

“都是你！”晓晴朝小岚瞪眼。

晓星夹在中间，左边是姐姐，右边也是姐姐，他都不知帮谁好。

小岚说：“你恶人先告状，我怎么啦？”

晓晴说：“都是你不让我说出真相！”

小岚说：“说出真相，麻烦更大！”

晓星看看这个，看看那个，突然说了一句：“你们真像……”

小岚和晓晴一起问：“真像什么？”

晓星大声说：“两只好斗的公鸡！”

“什么？！”小岚和晓晴马上由“敌对阵营”转为“统一战线”，送出一阵拳打脚踢（不过都是轻轻的，点到即止）。

晓星马上抱头鼠窜。不不，只是抱着头，因为正在罚站，没法鼠窜。

正在这时候，校长室的门“吱呀”一声开了，张校长朝三个人瞪了一眼说：“你们再闹，就让你们站一个上午！”

三人赶紧站好，发出三把高低不一拖长了的声音：“我——们——不——敢——了——”

正在这时候，电话铃响了。校长转身去接电话，她没关门，所以可以很清楚地听到她的说话声。

“我是这里的校长，我姓张……什么，你是特首办公室？有什么事？……啊！乌莎努尔的公主？！原来这事是真的！哦，我明白，明白，我会处理好的……”

晓晴和晓星直乐，救兵来了！看你老祖母还敢不敢罚我们！连原先主张低调的小岚也露出一副得意的样子。

张校长放下电话，急步走了出来。晓晴和晓星笑嘻嘻地瞧着她，心想这回老祖母准会低声下气地请求原谅，得罪了一国之公主，可不是闹着玩的。谁知道，张校长大喊一声：“马小岚，我不管你是公主还是平民百姓，你在这里上学，就得按这里的规矩，罚你们再站半个小时！”

唉～～

算是领教了这位“威武不能屈”的老祖母了。

当早会课结束，第一堂的上课铃声响起时，小岚他们罚站期满，分头回了教室。当同班的小岚和晓晴走进教室时，“哄”的一声，教室像开了锅的水，沸腾了。

同学们都知道了小岚的事，他们全都围了过去，好奇地问这问那。一些平时要好的同学更是拉着她的手，表示舍不得她离开。幸好班主任李老师不像老祖母那般严厉，她宣布说，第四课只上半节，留半节时间开欢送会，欢送小岚，大家听了才回到座位，安心上课。

这是在中国香港的最后一堂中文课了，小岚显得格外珍惜。在所有科目中，中文是她最喜欢的一门，可是，宾罗先生告诉她乌莎努尔用的是英文，这就是说，她以后难有接触中文的机会了。

这一课教的是刘禹锡的《陋室铭》，李老师自己先抑扬顿挫地朗读了一次：

山不在高，有仙则名。水不在深，有龙则灵。斯是陋室，惟吾德馨。苔痕上阶绿，草色入帘青。谈笑有鸿儒，往来无白丁。可以调素琴，阅金经。无丝竹之乱耳，无案牍之劳形。南阳诸葛庐，西蜀子云亭。孔子云：“何陋之有？”

李老师放下课本，说：“这篇古文包含了好几个对偶句，有同学能找出来吗？”

小岚马上举起手来，李老师朝她点了点头。

小岚站起来：“第一句是‘山不在高，有仙则名。水不在深，有龙则灵’，第二句是‘苔痕上阶绿，草色入帘青’，第三句是‘谈笑有鸿儒，往来无白丁’。”

“答得非常好！”李老师又说，“中华文化博大精深，就像这首《陋室铭》，全文仅八十一字，就包括譬如、隐喻、对比、用典等写作手法，并熔叙事、写景、抒情于一炉，真是古代文化中的精品！”

小岚边听边点头，心想，将来自己做了乌莎努尔公国的国王，一定大力向国民推介中国文化，让那里的人民也能欣赏到这些优美的文学作品。

中文课、中史课……小岚都听得津津有味，连那节平日最讨厌的数学课，也变得格外有趣，一个上午很快过去了……

第17章
马路惊魂

老师果然守信用，第四节课时，留了二十分钟开欢送会。同学们的热情令小岚既开心又更加难舍难分，她拿出早已准备好的留言册，请各同学留下联络地址。

下课铃声一响，万卡的电话就来了，请小岚马上离开学校返回酒店。他还特地补充了一句，说宾罗先生现在已经在酒店门口等候公主车驾。这一招果然有效，小岚不忍心让宾罗先生在门口久等，只好无奈地向同学挥手告别，由晓晴和晓星陪着，走出了校门。

门卫房里坐了一个人，见到小岚走过，忙走了出来，那是张校长。

小岚心里“咯噔”一下，糟了，莫非又做错了什么，老祖母又来施罚?

见张校长笑眯眯的，小岚才放了心，她问：“校长，找我吗？”

张校长点点头，她摊开手掌，手心里是一枚精美的胸章。那是刻有智善中学校徽的胸章，是学校每年选出的杰出学生才能够拥有的。

张校长把胸章别在小岚胸前，又轻轻拍了拍她的肩膀说：“小岚，我们以你为荣！”

“谢谢您，张校长！”小岚的眼眶竟然湿了。

张校长点点头：“去吧，孩子，相信你能成为一个好国王。”

“谢谢！”小岚忍不住，竟一头扑进张校长怀里，哭起来了。

“傻孩子，我从来没见你哭过呢！别临走时还给我留下一个‘哭泣包’的印象啊！”

小岚听了，竟又“扑哧”一声笑了起来。

她最后搂抱了张校长一下，挥手告别了。

忽然，背后响起一片“再见”“小岚再见”的声音，小岚回头一看，啊，只见每一层楼的阳台上，都站满了同学，同班的，不同班的，同级的，或不同级的……

小岚心里翻起一阵热浪，她大声说：“再见了，智善中学！再见了，亲爱的同学们！”

因为这时已经不需要隐瞒小岚身份了，所以两部奔驰轿车直接驶到了学校门口，小岚转身向晓晴和晓星说了声：“明天记得来送我啊！”就慌忙上了车，她怕自己会哭出来。

车子马上开走了。

从智善中学出来，要走过一条长长的斜路，才拐进那条繁华的大马路，小岚虽然低头想着心事，但也明显地感觉到，车子开得太快了。她心里有点纳闷：这司机向来开车谨慎，今天为什么会这样“疯”？

坐在前座的万卡也察觉到了，忙对司机说：“伍司机，怎么回事？开慢点！”

司机声音带着惊慌说：“不好了，脚刹坏了，刹不住车子！”

“什么？！”万卡大吃一惊，“镇定，小心看路！”

因为车子是下坡，出于惯性，所以越走越快，窗外的东西飞似的掠过，路上还有其他车辆，一不小心就可能撞上。

偏偏这段斜路很长……

司机满头大汗，万卡紧张得握着拳头，但天不怕地不怕的小岚，却觉得挺好玩挺刺激的，她觉得这情景很像电影里的惊险镜头呢！

绕过了一辆车，又绕过了一辆车……幸好，车子一拐弯，进入平路了。由于惯性，车子还是飞快地向前滑行了一段路，然后才慢慢停了下来。

那位中年司机呆呆地坐着，半天出不了声。万卡立刻紧张地下了车，拉开后座车门，看看小岚的情况。看见小岚笑

嘻嘻的、一脸兴奋地坐在那里，他才松了一口气，不过心里不禁又嘀咕着：“这公主，真疯了，碰到这么危险的事，还这么高兴！”

这时候，另一部车赶来了，停在旁边，三名保镖走下车，紧张地问：“出什么事了？”

万卡舒了一口气，说：“车子的脚刹坏了……”

一名保镖说：“伍司机，怎么搞的？”

伍司机心有余悸地说：“早上临开车前，我还再检查了一遍呢，没可能出问题的！我估计，是有人在车上做了手脚。”

万卡对小岚说：“公主殿下，我陪您坐一辆车先回酒店！”他吩咐两名保镖也上了一辆车，又叫另三名保镖拦计程车随后。

车子快速开回香岛酒店，途中，万卡通过手提电话向宾罗先生报告了刚发生的事。

车子很快回到香岛酒店，宾罗先生正焦急地站在大门口张望，一见到小岚下车，忙跑过来：“公主，您没事吧？”

小岚倒若无其事地给了他一个笑容：“没事，别担心！”

宾罗先生见小岚气定神闲的，才松了一口气。他紧张地对万卡说：“你快陪公主返回房间，我已致电特首，加强香

岛酒店的保安。”

“是，大臣先生！”万卡跟其他六名保镖，一个个神情紧张，护着小岚走入电梯。大堂上的人都察觉到出了什么事，议论纷纷。

一行人把小岚送回了总统套房，玛亚早已等在那里，见了小岚忙上来关心地问长问短。

“小事一件！”小岚挥了挥手，径直走向那张大沙发。这富丽豪华的总统套房里，最令小岚心仪的就是这张沙发，不论睡觉，看书，小憩……都很舒服。当下小岚往沙发上一坐，就想趁势躺下，但想想屋子里有七个大男人竖在那里，众目睽睽之下，挺不方便的，便朝万卡等人挥挥手说：“你们可以出去了。”

万卡吩咐其他保镖：“你们先出去，在门口守着。”

“是！”六名保镖出去了。

小岚见万卡没有出去的意思，便不客气地说：“你呢？还不出去！”

万卡仍然笔直地站着：“宾罗先生命令我留在这里保护你。”

玛亚在一旁温柔地说：“公主，您累的话，进卧室休息吧！”

小岚其实并不想睡，之前的历险，令她神经兴奋，她精神着呢！她只是想在这张舒服的沙发上懒一下罢了。可这万卡偏不知趣，竟赖着不走。

“不！”小岚第一次撒了公主脾气，她冲着万卡喊道，“我就是要他走，就是要他走！”

万卡好像没听见，他笔直地站立着，连眼珠都不转过去。

幸好，宾罗先生进来了，要不小岚准气成个鼓气青蛙。

宾罗先生擦了擦额头，小岚这才发现他一脸汗水，不禁十分惊讶，这酒店可是有冷气的呢！

“伯伯，您坐下歇歇。”小岚赶紧让宾罗先生坐下，又递了几张纸巾给他。

宾罗先生擦了擦汗津津的前额，说：“公主，刚才好险，车子的确给人做了手脚，脚刹是被人蓄意破坏的，还有……”

小岚睁大眼睛：“岂有此理，是谁这么大胆！幸好伍司机技术高超，要不……”

小岚富于想象力的脑袋马上便现出一幅车毁人亡的悲惨景象。

“公主，我看……”宾罗先生见小岚在发呆，又唤了一

声，“公主！”

小岚这才从“车毁人亡”中清醒过来：“哎，伯伯，什么事，您说。”

宾罗先生说：“我准备向首相汇报，让您提前回国。”

小岚跳了起来：“不，不行！”

小岚着急地又摇手又摇头，她刚才还跟晓晴、晓星约好了，找一天去大屿山玩。

宾罗先生说：“公主，现在敌人在暗处，我们在明处，您的处境很危险。所以，尽快回国是最好的办法！”

“不要啦！”小岚心里一千个不愿意，一万个不愿意。

宾罗先生着急起来：“公主，听话啦！您身上责任重大，不容有失。要是您在这里有个闪失，我万死不能辞其咎。”

见宾罗先生着急，小岚心软了。但是，想到此一去，不知什么时候才再有机会跟最好的朋友一起玩，她又固执地摇摇头：“不，早一天都不行！”

宾罗先生没办法，只好叹气。

“小岚公主，我觉得您不对！”一直像段木头似的站着的万卡，突然开了腔。

“我有什么不对？”小岚对万卡的气还未消呢，没想到他又打来一下闷棍，不由得跳起，“你说你说，你给我说个清楚！”

宾罗先生责怪地看着万卡：“你怎么可以这样跟公主说话。”

可是，万卡仍倔强地说：“作为一国的公主，您已经不再属于您自己，您每做一件事都必须以国家利益为大前提，而不是个人的利益！”

小岚顿着脚说：“好啊，你敢教训我，我……我……我要把你撤职！”

万卡却仍然倔强地说：“要是我说错了，您可以撤我的职，但现在我没错！”

“你！”小岚气得说不出话来。

“小岚公主，别生气！”玛亚端着杯果汁出来了，小岚正气得喉咙冒烟，便一手取过果汁，一口气喝光。

玛亚又细声细气地说：“万卡先生不是有心顶撞您的，请您原谅他。”

小岚喝了一杯冰冻果汁，心里的火已下了一半，想想自己也的确理亏，也就顺水推舟说：“我给伯伯和玛亚面子，不跟你计较！”

她又对宾罗先生说：“我考虑过您刚才的提议，觉得有

道理，就提早回去吧！”

宾罗先生大喜，忙说：“谢谢公主！”

小岚又说：“但我有条件。”

“什么条件？”宾罗先生又紧张起来。

小岚说：“第一，今晚我要找晓晴和晓星来这里玩。”

“没问题。”宾罗先生又问：“第二呢？”

小岚说：“除了我和晓晴、晓星外，不许有人在这房间里。”

她说完，示威似的看了万卡一眼。

万卡仍笔挺地站着，目不斜视。

“没问题。”宾罗先生松了口气，但又马上补了一句，“只是在门口守着。”

他怕小岚连门口也不许站人，幸好小岚没有表示异议。

第18章
半空中掉下个公主

晓晴和晓星是直接从学校来到香岛酒店的，小岚一见他们，就高兴得大叫起来，三个人抱成一团。

晓晴把小岚上下打量了一番，说：“听说你遇到危险，我真担心死了，幸好你没事。”

晓星说：“小岚姐姐，你以后真要小心点，因为‘祸不单行’啊，可能还有第二次……”

晓星还没说完，就挨了晓晴一拳：“乌鸦嘴，打住！”

“没事，没事，我不迷信的。”小岚倒不在乎，她又问：“吃了饭没有？”

“没有啊，我们一放学就来了。”晓星说着，舔舔嘴，又问：“我们是不是还叫酒店送餐？”

小岚说：“我们玩个刺激点的。”

晓星一听很开心：“怎么个刺激法，小岚姐姐快说。”

晓晴兴奋地问：“是到最贵的名店，不问价钱，疯狂扫货？”

小岚顿顿脚说："不是，我想今晚偷偷溜出去玩，不让人跟着，就我们三个。我怕去了乌莎努尔，就再没有这样的机会了。"

晓晴有点担心地说："你今天不是刚出过事吗？不怕有人对你不利？"

小岚说："嘿，我乔装打扮就行了，化妆间里什么衣服什么化妆品都有，我保证扮得谁也认不出我。但是有个问题我还没想出解决办法，就是如何摆脱门口那些保镖。"

晓星眼珠转了转，说："有办法！我刚才站在酒店门口往上面望，见到这阳台外面有一架清洁外墙用的吊车……"

小岚高兴地说："真的？我去看看！"

三个人跑到阳台，果然见到一架吊车停在外面。

小岚兴奋地说："好啊，我们就爬到吊车上，再降落到地面，那就神不知鬼不觉了！"

晓晴却吓得小脸发青："小岚，你疯啦！这么危险的事！"

小岚满不在乎地说："一点不可怕呢！喏，我跳下去给你看看。"

小岚说完，就用手轻轻一撑，坐上阳台围栏，再轻轻一跳，就跳到吊车上了。

没想到，还没等她站稳，吊车就"哗啦啦"地自动向下

滑，她赶紧抓住吊车边缘。

“小岚……”晓晴和晓星一齐惊叫起来。

门口的保镖听到叫声，马上冲了进来，见状大惊。

幸好吊车下滑了两层，就停住了。

“小岚姐姐，你小心呀！”晓星大叫道。

“小岚，小岚……”晓晴早已被吓哭了，边哭边唤着小岚的名字。

几个保镖松了一口气，之后有的连忙去找酒店负责人，有的朝小岚叫着：“公主，你别乱动，别乱动……”

小岚纵然胆大包天，也被吓得脸色发白，待惊魂稍定，她才朝上面众人送了一个强作镇定的微笑。

没想到，“咔啦”一声，吊车又开始迅速下跌了，地面上已有不少人发现了这惊险的一幕，引起一片惊叫声。

以这样的高度和速度，小岚必死无疑！

正在危急之际，万卡抱着一捆绳索冲进来，他迅速把绳子的一头系在铁栏杆上，然后把绳子往下一扔，自己就飞快地抱着绳子下溜。

吊车继续下滑，五楼，四楼，三楼，眼看就要跌落地面，小岚性命危在旦夕……

二楼……

大厦上下一片惊叫声。

小岚此刻也吓傻了，她紧紧地闭住双眼，心里只有一个声音：完了，完了！

正在这千钧一发之际……

一个人凌空而下，在吊车接触地面0.000001秒之前，把小岚拦腰抱起……

随着一阵轰然巨响，吊车变成一堆废铁。

尖叫声骤然停止，心有余悸的人们，纷纷想看看那位凌空而下的“超人”是谁。

这当然不是会飞的超人，他只是抱着绳索从上面滑下来的万卡罢了。他终于赶在吊车坠地之前把小岚救了，在几百人面前上演了一幕英雄救美。

万卡把小岚轻轻放在地面。经过刚才那场惊吓，小岚觉得有点眩晕，她不敢张开眼睛，只知道自己像超人故事里那样，在半空中被一只有力的胳膊抱住了。

香岛酒店应变能力也真叫高，很快有人拿了担架来，把小岚抬进了酒店的医务所。小岚仍紧闭着双眼，几个医生护士紧张地为她检查身体。

宾罗先生赶来了，老人家站在医务所门口，身体一直打着颤，他刚好从外面回来，在门口目睹了那场险境，吓坏了；晓晴和晓星也赶来了，晓晴满面泪痕，晓星则喃喃地说

着：“小岚姐姐，你千万不要有事啊！”一会儿，医生出来了，门外的人连忙拥了上去询问情况。医生说：“各位放心好了，这位小姐没事，身上也没有一点点伤痕，她只是由于从高处坠下，吓着了，休息一会儿就会没事。”

大家这才放下心来。

小岚躺了不到十分钟就按捺不住了，她让护士叫两个朋友和宾罗先生进来。宾罗先生一进去，就用不容反对的决绝声音说：“公主，老臣已联络好，专机明天上午九时在机场恭候，接公主回国。”

小岚极不愿意地说：“这么快……”

宾罗先生打断她的话：“不快了，公主多留一天，就多一分危险。要是今晚专机可以到达的话，我也会马上就走。”

小岚苦着脸说：“伯伯，刚才酒店经理不是已经解释过了吗？那只是几个清洁外墙工人的疏忽，他们在试车时发现吊车运行有问题，去找人修理，谁知就在这空当儿里我走进了吊车……”

宾罗先生坚决地说：“不，为什么吊车哪一层都不停偏停在你这一层，我总觉得有问题！”

小岚叹了口气：“伯伯您也太神经过敏了吧!”

宾罗先生固执地说：“公主，宁可信其有，不可信其

无，小心驶得万年船啊！”

小岚拗不过宾罗先生，只好撅着嘴说：“那好吧，明天就明天。”

宾罗先生赶紧说：“谢谢公主。”

小岚张望了一下：“万卡呢？听说刚才是他救了我，我得向他道谢。”

“他到医院去了。他救你的时候因为用力过度，手受伤了，这里医务所设备简陋，要送医院治疗。”

“啊！”小岚有点不安，又问，“不要紧吧？”

“医生说可能扭伤了筋骨，要到医院照X光才知道。”

“哦。”小岚心里有点忐忑不安。

宾罗先生问：“公主是再躺一会儿，还是回房间？”

小岚巴不得立即离开医务所，忙说：“回房间吧！”

宾罗先生说：“我吩咐玛亚扶你上去。”

小岚赶紧说：“不！我自己能走。”

“那好吧。”宾罗先生点了点头，又对小岚说，“公主，你回房间休息一下，别再出去了，我还有些事要办。”他想了想又说：“唔，还是等一会儿再去办，我得在房间里看着你，免得你又搞什么危险的玩意。”

小岚忙说：“哎呀伯伯，您好烦，您就忙您的事

去吧！”

晓晴赶紧说：“伯伯，您放心好了，我和晓星会照顾小岚的。”

宾罗先生嘀嘀咕咕地说：“还说照顾呢，你们三个呀，一样令人担心！”

见宾罗先生一边嘀咕一边走了，三个孩子互相扮个鬼脸，跑进电梯间。几个保镖赶紧跟了进去。

小岚有点担心地说：“不知万卡看完病没有，他的手应该不会有事吧。”

晓晴呵呵地笑着，说：“你不是很讨厌他的吗？现在……”

小岚打了她一下，说：“人家救了我，总不能不表示一点关心呀！”

晓星说：“小岚姐姐，万卡真的很英勇呢！他救你那一刻，嘿，简直同英雄超人一样英勇！”

晓晴也说：“可惜你当时昏了头看不见，万卡真是好有型啊，就在你要坠地的一刹那，他伸出手，把你揽在他有力的臂弯里，好浪漫啊！要是有人这样舍身相救，我真要……”晓晴停住了没说下去。

偏偏晓星死死追问：“真要什么？姐姐，真要什么？”

小岚笑着说：“真要以身相许呗！”

晓星大叫道：“咦，羞羞羞，姐姐不害臊！”

晓晴要打晓星，幸好这时电梯门打开了，晓星才得以脱身。

这天晚上，晓晴和晓星都睡在酒店，他们有说不完的话，想到好朋友要分开了，大家都未免伤感。

小岚叮嘱说：“你们一有空就来看我呀！我包吃包住包旅费。”

晓星说：“我一定来，我都还没有参观过一个真正的王宫呢！”

晓晴说：“圣诞假期，我们就去怎样？”

小岚说：“那就一言为定！还有，有空就上msn，我们可以聊天！”

三个人一直聊到半夜才睡，如果不是害怕第二天起不来，他们真要聊通宵呢！

第19章
不是尾声……

“叮咚叮咚”，卧室的门铃被按着，一直在响，小岚赶紧爬起床。身旁的晓晴还在蒙头大睡，小岚推推她：“喂，起床啦！”

晓晴翻了个身，嘴里含含糊糊说了句什么，又睡了。

“嘿，懒虫！”

小岚自己起了床，打开卧室门，见是笑容满脸的玛亚。

“公主殿下，该起来梳洗了。”

小岚点了点头，对玛亚说：“我把晓晴交给你了，你快叫她起来，要不，她可以一直睡到吃晚饭！”

玛亚笑着说：“放心吧，公主，我保证很快把她弄醒。”

小岚记起睡在隔壁客房的晓星，便走去叫他，见到门半掩着，推门一看，咦，床上没人呢，这小子上哪儿去了？

小岚走出门口，问几个保镖，其中一个保镖说：“晓星先生十分钟前叫司机送他回家，说有要紧事，一会儿就回

来。”

小岚心里嘀咕，这家伙回去干什么？

小岚刚洗好脸，就见晓晴一脸惺松地走来了，小岚暗笑：玛亚果然不辱使命！

吃完早餐，玛亚开始替小岚打扮，小岚说：“不用穿那么漂亮了吧，我们等一下就要踏上旅程了呢！”

玛亚说：“公主，您现在是一国的公主了，在任何公共场合出现，都要漂漂亮亮的。现在外面一定有大批记者等候，所以，您一定要打扮一下。”

小岚只好任由玛亚摆布。

晓晴在一旁不断出主意：

“头发这样梳好看！”

“这衣服配这项链最好了！”

“这鞋子好！”

玛亚一直点头微笑，但仍不动声息地按自己原来的想法替小岚打扮着，弄得晓晴嘟着嘴不高兴。但当打扮停当，小岚站起身展示时，那种令人眼前一亮的感觉，却令晓晴不得不佩服玛亚的眼光。

这时候，宾罗先生到了，宾罗先生今天心情特别好，他走近小岚，开玩笑地说：“公主真漂亮，等会儿到了机场，

一定令那帮记者疯狂。”

小岚装作生气地说：“伯伯，您笑我！”

宾罗先生说：“不敢不敢，我是说真心话呢！”

这时候，万卡进来了，他左手用绷带固定在胸前，英俊的脸孔有点苍白。小岚见了很想上前问问伤势，但想起自己前两天还刚刚跟他发了脾气，又不好意思开口了。

万卡朝小岚和宾罗先生微微鞠了个躬：“公主殿下，大臣先生，车子已备好，可以随时起行。”

小岚担心地说：“晓星还没回来呢，他回家去了。”

宾罗先生说：“不要紧，我可以跟司机联络，叫他直接把晓星送到机场。”

万卡说：“我们不能经大堂出去，从昨天晚上开始，就有百多名记者聚在那里等候公主，我们可能一个小时都走不出去。”

“糟糕！”宾罗先生看了看手表，皱起了眉头，“快找这里的经理帮忙。”

酒店经理很快来了，他听了宾罗先生的请求后，马上带着众人搭乘货用电梯，直接去停车处，甩开那帮记者上车了。

车子到了机场，由通道一直进到休息室，避开了大批传媒记者。

晓星早已到了，小岚一见便埋怨说："你一大早上哪儿去了，还以为见不到你呢！"

晓星转身捧起桌上一个鱼缸，说："小岚姐姐，我回家拿这条史前鱼呢！"

小岚眼睛睁得大大的："你把鱼拿来干什么？"

晓星说："送给你呀！"

小岚很惊讶："送给我？"

晓星点头说："是呀。伯伯替我查过有关资料了，他说这很可能是一条史前就有的鱼类，科学家以为它像恐龙一样绝了迹，没想到被我发现了。"

小岚说："你不想发大财了吗？如果经证实真是一条罕有的史前鱼，那可是很珍贵的呀！"

"正因为珍贵，我才送给你，你是我最好的朋友和姐姐嘛！"晓星说完，把鱼缸放到小岚手里，又说，"希望你有空就和大臣伯伯研究这条鱼，你们研究这条鱼的时候，就会想起我。小岚姐姐，你不要忘记我呀！"晓星的嗓音有点哽咽，还抽了一下鼻子。

小岚的眼睛湿润了，她珍重地捧着鱼缸，说："晓星，

谢谢你，我不会忘记你的，永远都不会！你有空就来乌莎努尔，我们一起来研究这条鱼。”

晓星点了点头：“嗯！”

这边晓晴早已忍不住眼泪，抱着小岚，痛哭起来。

“傻晓晴，我又不是去死，你别哭呀！我们过几个月就能见面了呀！到时我带你逛王宫，参加宫廷舞会，给你介绍帅哥……”

晓晴笑了：“死小岚，乱讲！”

这时候休息室外一阵骚动，原来是特首和夫人来送行了。特首给小岚送了一幅维港风景刺绣，他紧紧地握着小岚的手，说：“你是在维港边上长大的港产公主，不管去到多远，都不要忘了这个地方啊！”

小岚的眼睛湿润了，她说：“不会忘记的，我会永远记得这里的人，这里的山山水水，这里的一切一切……”

机场工作人员走进来，说：“对不起，各位该上机了。”

一行人步入停机坪，一架波音747正停在那里，等待起飞。

宾罗先生和特首握手道别，感谢中国香港特区的大力帮忙；他又和晓晴、晓星拥抱道别，并邀请他们有空就到乌莎努尔作客。

这边，众人正要登机，那边，晓星和晓晴死死地扯住小岚的手袋带子，不让她上机。

“小岚，我们舍不得你呀！”晓星和晓晴把带子扯了过来。

“别这样嘛，我会每天跟你俩联系的。”小岚把手袋扯了回去。

“小岚，你不去乌莎努尔好吗？”晓星和晓晴又把带子扯了过来。

“你俩可真是朝三暮四得可以！早几天你们可是拼命说服我去乌莎努尔的呀！”小岚气哼哼地一把将手袋抢回手里。

“公主殿下，该上机了。”宾罗先生走过来。

晓晴眨巴着眼睛，想哭的样子：“小岚，人家真是舍不得你嘛！”

小岚听了未免有点心酸。

“小岚姐姐再见了!”晓星扁扁嘴，又说，“小岚姐姐一路小心，人家说‘灾祸有一必有二，有二必有三’，我担心这趟飞机……”

在场的人听了都呆住了。

“笃”，晓星头上结结实实挨了一下，晓晴睁圆双眼，骂道：“乌、鸦、嘴！！”

“啊，好痛！”晓星委屈地摸着头，“人家只是关心小岚姐姐嘛！”

小岚瞪了晓晴一眼，说：“嘿嘿，你别那么迷信好不好，要是晓星的话真的那么灵验，叫他说句‘天下太平’，那岂不全世界都有好日子过了！”

小岚一手搂住晓星，一手搂住晓晴，说：“我们永远都是好朋友，最好最好的朋友，不管我身在何处，都不会忘记你俩的！”

三个人拥抱在一起。

分别的时刻终于到了，小岚从飞机舷窗里，眼也不眨地看着地面上拼命朝她挥手的两个好朋友，飞机越飞越高，晓星和晓晴变成两个小黑点，又渐渐消失在视线里。

飞机已飞上高空,天气很好,蓝宝石般的天空,美不可言。

小岚乘坐的机舱布置得就如一个宽敞的豪华客厅，一应用品应有尽有，给人一种在家的感觉。

宾罗先生和玛亚有事走到隔壁去了，只有万卡一动不动地坐在她斜后面一张小茶几前，他的手仍被绷带吊在胸前。小岚转过身，唤了声：“喂！”

万卡动了动，说：“什么事？请公主殿下吩咐。”

小岚说：“你的手怎么样了？”

万卡说：“扭伤了筋，过几天就会好的。多谢公主殿下关心。”

小岚装出一副无所谓的样子，说：“我只是顺便问问，谈不上关心。”

万卡不再作声。

小岚心里有点气，我说顺便问问，你就当真啦！

正在这时，飞机有点颠簸，可能遇上气流什么的。小岚可不是胆小之辈，她一点不在乎。可是，飞机好像颠簸得越来越厉害了，桌上一杯果汁在摇晃着，小岚赶紧扶住它。

突然，飞机猛地向下一沉，然后迅速下坠，小岚有点沉不住气了，刚要起身去查问，广播器传出了机长的声音：“各位乘客请注意，因为机件故障，飞机失去控制，请各位系好安全带，不要随便走动，本机组人员正设法排除故障……”

后面传来万卡的声音：“公主殿下，请系好安全带。”

小岚赶紧把安全带系好。

飞机仍在下坠，已隐约见到地面上的山和河流，小岚再也沉不住气了，她心里感到一种从未有过的恐惧。

“万卡！”她尖叫了一声。

万卡马上除下安全带，走了过来，坐在她身边。小岚慌张中一把搂住万卡，把头埋在他胸前。

小岚突然想起了临上机前晓星说的那番话……

这小子，以后叫他当巫师去！

飞机仍在下坠……